たんぽぽ

一九七☮年秋

Me
and
Dylan
at
Tampopo

たんぽぽ

一九七〇年秋

Me and Dylan at Tanpopo,

Autumn of 1970

デザイン　守屋一於
イラスト　守屋一於＋守屋華乃子

目次

この小説はフィクションです。
実在の人物・団体・事件とは
一切関係がありません。

Do not go gentle
into that good night,
Old age should burn
and rave at close of day.
Dylan Thomas

たんぽぽ

「島へね」

そう答えると、彼は中国茶をもう一口飲んで、それからまた目を閉じた。疲れているのか、それ以上僕に何かを訊かれるのが面倒なのか、どっちにしろこれ以上話しかけられるような感じではなかった。

それはディランの長い長い「廃墟の街」がやっと終わったときだった。彼は胸のあたりまである長い髪を揺らしながら、そして人がひとり入りそうなぐらい大きなリュックを背負って店に入ってきた。そして、そのままカウンターに近づくと二言三言マスターと言葉を交わし、それから重そうなリュックを無造作にひょいと降ろすと入口のドア近くに座った。

「中国茶でいいかな?」

とマスターが言うと、彼は頷き、それから壁にもたれながら腕を組んで目を閉じた。白茶けた紺色のTシャツ、よれよれのズボン、そしてゴムぞうりをつっかけた足は汚れて黒かったが、陽に焼けた顔には汗が光り、まるでインディアンの戦士のように精悍だった。

そんな旅行者がたびたびこの店にやって来るようになったのは、三か月ばかり前、「たんぽぽ」が模様替えをした頃からだった。それまでの黒いデコラ板のカウンターや金属で縁取りされたテーブルや椅子、それにところどころ茶色く変色したグレーのカーペットから、レンガ敷きの床と杉板の壁、そしてラワン材のカウンターに変わった。椅子も木のベンチや丸太の切り株になり、店のマッチも仏像の写真に変わった。

カウンターの横にはレコード棚があり、そこにはディランやツェッペリンやクロスビー、スティルス、ナッシュ&ヤング、それにジャニス・ジョプリン、ジミ・ヘンドリックス、ジェファーソン・エアプレーン、ビートルズ、ローリング・ストーンズ、グレイトフル・デッド、ジェイムズ・テイラー、ドアーズといったレコードがぎっしり詰まっていて、名前も知らないようなバンドや町のレコード屋には売っていない外国盤だってあった。

「たんぽぽ」が賑わうのは土曜日の夜だけで、平日の昼間はいつもがらんとしていた。十二、三人も入ればいっぱいになるような広さなのに、客が僕ひとりということも珍しくなかった。そんな時、店を手伝っている流子さんはジャケットを両手に持ってジョニ・ミッチェルとジェイムズ・テイラーを聴き比べ、マスターはというと、ちぢれた髪を後に束ね、髭でおおわれた顔をしかめながらカウンターで新聞を眺め回していた。流子さんはマスターの妹だというが、この兄妹がいったい何歳ぐらいでどういう種類の人なのか、僕には想像もつかなかった。

しばらくして彼が目を開け、マスターがそっと置いていった中国茶を一口すすった後に、僕は恐る恐る行き先を尋ねた。彼は僕をじろりと見て、それからただ一言そう言った。


旅行者は、長さの違いはあるが、皆一様に真ん中から分けたまっすぐな髪を揺らし、ときどき後に結わえてやって来た。そして「島」へ渡って行く。「島」とは諏訪瀬島のことだった。地図で調べてみると、鹿児島から奄美大島までの間に、まるで飛び石のように小さな島が連なっている。中には無人島もあるらしいが、合わせて一〇の島がトカラ列島で、諏訪瀬島はその真ん中より少し南に位置していた。船は一週間に一度鹿児島を出港するが、海が荒れればすぐに欠航になるらしい。そこには彼らのような「部族」と呼ばれる人たちがいて、自然と共に生き、自給自足を目指し、インド哲学のようなものを学びながら共同生活をしているという。彼らはそれを「コミューン」と呼んでいた。それは諏訪之瀬島の他に長野や京都や東京にあり、また「部族」の考え方に共鳴する人がいろんな場所で「コミューン」を作りつつあるというのだ。

この町もそのひとつだった。何人かがやって来て、あるいは「島」から戻って来てこの町に住み着くようになっていた。彼らは自分たちを「虹のブランコ族」と呼び、その中の「キリ」は「たんぽぽ」のカウンターの中にいた。

「紅のカラス族って知ってますか?」

「あー、長野のね」

それがキリと交わした初めての言葉だった。キリは背が高く、部族の象徴である長いまっすぐな髪はやはり胸の中ほどまであり、しゃべり方は聖人のように落ち着いていて、その言葉はまるで天からの声のように静かな説得力を持っていた。

たとえば僕が「こんにちは」と言い、キリが「やあ」と応える。そのことすら何かが違っていた。キリはまず僕の目を見て、少し微笑み、それから「やあ」と言う。そして、手が空くと、決まってザ・バンドの「アイ・シャル・ビー・リリースト」に針を落とし、カウンターのこちら側に座り、難しそうな本を読み始める。そうなるともう話しかけることも近寄ることすら拒まれているようで、僕はそんな姿をちょっと離れたところからちらちらと盗み見るしかなかった。

彼らはあらゆるものは取り替えられるんだと言う。だけどそれはたやすくはない。それで僕は思い出すんだ。僕をここに置いていったみんなとみんなの顔を。

そんな歌を聴きながらキリの顔を眺めると、キリはほんとに不思議な、どこか違う星からやって来た異星人のようだった。キリの彼女の「ユウ」だってそうだ。いや、ユウの方がもっとすごいかもしれない。どこかで働いているのか、何をやっているのかは分からないけれど、夕方やって来てはカウンターに座り、キリとちょっと言葉を交わすだけで後はずっと本を読んでいる。口をきくなんてとんでもないことで、顔を眺めるだけでも怖いくらいだ。とにかく凛としたその姿は神秘的で、「たんぽぽ」にやって来るどんな女の人とも違っていた。

あるときカウンターがいっぱいで、ユウが壁際の席に座っていた時だ。

「これ悪いけど、頼むよ」

キリがユウの方を指してそう言った。

「ああ、ありがとう」

中国茶の入ったカップをテーブルに運ぶと、ユウが僕を見上げるようにして口を開いた。それがはじめてユウが僕を認めてくれた時だった。もちろん会話になんかなっていなかったけれど、とにかくそれだけでも大きな進歩で、異星人との交流が一歩前進した時だった。ユウの着ている服は、キリと同じように紺地に白の絞り染めのTシャツに、薄手のひらひらしたズボンをはいて、いつも肩から茶色い布のバッグを斜めにかけていた。それが部族の格好だった。


商店街のアーケードでは、ベ平連が「ベトナム戦争反対」「安保破棄」と書かれたプラカードを持って、岡林信康の「アメリカちゃん」というアメリカ国歌の替え歌を歌っていた。いつもの「友よ」や「We shall overcome」ではさすがに芸がないと思ったのだろう。

ベトナム戦争はまだ続いていて、ベ平連は戦場から脱走したアメリカ兵をどこかの国へ逃がしているという噂もある。昨日の七時ニュースでは国会前に集まった何万人ものデモ隊を映していた。しかし、彼らの上げるシュピレヒコールは、もはや言い古された格言のようで、彼らのヘルメットの色と同じように何のおもしろ味もなかった。僕はいつも、彼らのヘルメットがもっとカラフルでサイケデリックで、花の一輪でも差してあったらどんなにステキだろうと思っていた。

電信柱に貼られたビラの文字は雨に濡れ、ボロボロになって、誰かに読まれることもなく、ただ風に震えているだけだ。それでも朝の校門ではヘルメットとタオルで顔を覆った「反戦高連」と「反戦高協」の連中がビラを配り、隣の熊本大学は機動隊に囲まれていた。僕はそのデモの写真を撮るために、写真部の腕章をして出かけていった。もちろんデモ以上の何かが起こるのを秘かに期待してだ。

しかし機動隊はデモ隊よりもずっと多い人数を揃え、整然と並び、その周りには新聞社のカメラマンに紛れて私服警官が目を光らせていた。デモ隊は機動隊によって用意された場所で、ただ声を張り上げ右往左往しているだけで、それはまるで、何かの儀式のようでもあり、お神輿を担いで練り歩くお祭とも違う、ただ空しい光景だった。

彼らの言う「打破すべき体制」に対抗する「新たな体制」は幾つにも分派し、それぞれが自分たちを主張する。そしてあろうことか、互いにののしりあい、殴り合っている。こんなんじゃ勝てるわけがない。学生運動や安保問題からはもはや何も生まれず、何も始まりそうになかった。

それに比べると、「水俣病」の運動の方がはるかに人間味があり、正義感と同情心をくすぐった。学校でも、新聞部の水上が中心となって、「水俣病問題研究会」が作られ、「一株運動」に参加するかどうかが話し合われた。

さらに、もうひとつ騒がれていたのが、半年前に起きた「よど号事件」のことだった。乗っ取り犯の中にライバル校の卒業生がいたらしくて、ＰＴＡは「我が校は大丈夫か？　なんらかの対処はしているのか？」とか、そんなことをばかみたいに問題にしていた。

どうでもいいことと見過ごせない問題。それは少し考えると、実は絡み合っていて、上辺だけを見てもホントのところは何も分からない。だから知らんぷりをするか、突き詰めてゆくか、あるいは中途半端に関わって自尊心だけはかろうじて保つか、三通りの立場のありように誰もが戸惑っていた。とにかく世の中の騒然とした雰囲気はまだまだ続いていて「たんぽぽ」にも私服の警官が顔を出すようになっていた。一九七〇年秋、僕は一六歳の高校二年生だった。

カリガリ

「あら、みさきじゃない。えー、どうしたの？」
美子《よしこ》が店に入るなり声を上げた。カウンターにいた客がこちらを振り返った。僕と水上はちょっと頭を下げて美子の後に続いた。

熊本には電車通りをはさんで上通りと下通りというアーケードの商店街がある。下通りは新市街というもう一本のアーケード街にぶつかるが、一歩路地に入るとその一帯はもうどうしようもない飲み屋街で、夜ともなると雑居ビルのネオンが夥《おびただ》しく輝く中を酔っぱらいがのたうち回り、昼間は酔っぱらいのかわりに残飯や野菜屑が散らばり、そこからは汚水が沁み出していた。
「たんぽぽ」はそういう場所の雑居ビル群の中でもとりわけ古いビルの二階にあった。それに比べると上通りの方は老舗の本屋や楽器屋があるせいかちょっと文化的な香りがして、表通りから一歩入ると、この町一番の気取ったホテルや大きな木の並木道があったりして、下通りの飲屋街に比べるとはるかに上品でさわやかだった。

その並木道のつきあたりを左に曲がるとやがて川に行き当たる。それが坪井川で向こうはもう熊本城だ。その川の手前に「カリガリ」という店ができた。入口の落ち着いたベージュの壁には誰かのドローイングが額に入れられて飾ってあり、「たんぽぽ」よりずっと立派なカウンターの隅には、いつも何かしらの花が生けてあった。音楽もディランやストーンズやツェッペリンではなく、古いブルースやジャズだった。日本人なら浅川マキか長谷川きよしだ。「街」というしゃれたミニコミ誌を発行し、浅川マキのコンサートも企画していた。活動的でスマートで、「たんぽぽ」とは全く違う趣の店だった。

彼女のテーブルの上にはコーヒーカップとページを開いたまま伏せられた文庫本があり、タイトルはオー・ヘンリー短編集だった。

「久しぶりね。学校の帰り？」

みさきの声は高くて澄んでいて、今にもジョーン・バエズが歌い出すようだった。

「見りゃ分かるでしょ。えーっと水上くんとこっちが・・・」

「知ってる。風間晶《しょう》君でしょ。この前コンサートに行ったんだよ」

みさきは真ん中から分けた長い髪を肩の後に放り投げ、僕を見上げながらそう言った。

「じゃあ、みさきもいたの？　図書館ホール」

「うん、途中で出てきたけどね。おもしろかったよ。コンサート」

「あ、ああ、ありがと」

「でも他の人の歌は聴いたことあったけど、あなたが歌った曲は全然知らなかった」

「当たり前よ、みさき。晶くんは自分で曲作って、それを歌ってるんだから」

と美子が口をはさむ。

「そうなんだ。オリジナルなんてすごいなあ・・・あの、風間晶って本名？」

「カッコつけてるだけだよ、こいつ。本名は晶一って言うんだ」

「水上おまえなあ、余計なこと言うなよ、だいたいなあ、勝手に俺の解説するなよ」

「しーっ、声大きいよ」

「ふふふ。あなたたちおもしろいね。いいコンビよ」

「ちょっと待ってくれよ、あのねえ・・・」

「それで今度はいつやるの？　コンサート」

みさきの笑顔がキラキラと輝いている。まあいいっか。

「・・・そのうちにね」

「今度やるとき教えて。また聴きに行くから」

「いいよ。じゃあやるときは電話するよ」

こうして僕はみさきの電話番号を手に入れた。水上と美子はにやにやしながら聞いている。

「えー、もうこんな時間?」

美子がびっくりした声を上げたので僕らは立ち上がった。

店を出るともううす暗くなっていて、川沿いの道には街灯が灯っていた。水上と美子はいつものように二人でさっさと帰ってゆく。残された僕らはお互いにどうしていいか分からなかった。

「じゃあ。電話するね」

と僕が言うと、みさきはにこっと笑って五、六歩後ずさりしたかと思うと、いきなり背を向けて駆け出していった。みさきの長い黒髪が揺れながら風になびいていた。

「まったく、なんでカッコいいやつはどいつもこいつもみんな髪の毛が長いんだ」

心の中でそうつぶやきながら、僕もせめて肩ぐらいまで伸ばしたいな、と思った。見上げると、熊本城の天守閣の向こうには、暮れてゆく空にまだ少しばかり紅い雲が残っていた。

——Be not too hard for life is short
And nothing is given to man
Be not too hard when he's sold or bought
For he must manage as best he can

Be not too hard when he blindly dies
Fighting for things does not own・・・
――「冷たくしないで」ジョーン・バエズ

次の週の日曜日に、僕はやっと電話をかけることが出来た。ホントは次の日にでも電話したかったのだけど、とうとう日曜日になってしまった。少し緊張している。

みさきがドアを開けて入ってくるのが見えた。みさきは、首のところが丸まったクリーム色の綿のセーターに細い白のズボンをはいて、肩からカメラのケースのようなものを斜めに下げていた。みさきがにこっと笑い、僕らのテーブルだけに明るい日差しが降り注いできた。

「それ何？　カメラかなんか入ってんの？」

「ああこれ、双眼鏡のケースなんだ。いいでしょ。バッグにちょうどいいのよ。今ね、雑誌なんかで流行ってるのよ」

「ふーん、でも助かったよ」

「え、どうしたの？」

「この曲だよ。ビリー・ホリデイはやっぱり暗いよ、気が滅入ってくる」

「そうね、暗いかな。でもね、本読んでてこんな曲がぴったり来るときもあるのよ。音楽ってその時の気分でよかったりも悪かったりもするのよね」

「みさきはこういう曲好きなの？」

「別に好きってほどでもないけど」

「だってこの店、よく来るんだろう？」

「まあね、他の喫茶店なんかよりはずっと落ち着いて本読めるし。晶くんはどっか行きつけのとこあるの？」

「あるよ、『たんぽぽ』って店」

「ふーん、どんなとこ？」

「ここみたいにきれいじゃないよ。それに『部族』の人たちが来たりして・・・」

「『部族』？　何、その『部族』って？」

「ヒッピー、かな、簡単に言えば。みんな大きなリュックしょって旅してるんだ。髪の毛が半端じゃなくてね。みさきより長い人だっているよ。『たんぽぽ』に来る人はだいたい諏訪之瀬島ってところに行くみたいなんだ」

「諏訪之瀬島？」

「うん、鹿児島と奄美大島の間にある小さな島だよ」

「何しに行くの？　何かあるの？」

「コミューンがあるんだよ」

「・・・コミューン？・・・」

「そう、コミューンだよ」

店の人がみさきの頼んだコーヒーを持ってきた。

「あの、この前はごめんね。急に走って帰ったりして。ヘンなヤツだと思ったでしょう」

「・・・あ、ああ、カッコ良かったよ、髪の毛がなびいていて」

「ホント？　良かった」

それからみさきはコーヒーにミルクを入れ、ゆっくりとかき回す。

「ところで何曲ぐらい作ったの、歌？　この前歌ったのは五、六曲だったでしょ」

「うーんと、まだ、一〇曲ぐらいかな」

「ねえ、訊きたかったんだけど、曲ってどんなときに作るの？」

「俺の場合は、そうだなあ、何か眺めているときとか、そんなときに詩を書くようになったね。メロディーはその後だね」

「何か眺めてるって、どんなものを？」

「うーん。例えば人の流れとか、車の流れとか、川の流れとか、風景の流れとかいろいろだよ。夏に旅行してから、なんかそんな感じ」

「どこに行ってきたの、夏？」

みさきは頬づえをついて、僕をじっと見ている。僕は目のやり場に困った。

「いろんなところだよ」

「ちょっとお。教えてよ」

そう言ってみさきが人差し指で僕の手をつついた。そのとたん、まるで何かのスイッチが入ったようにジーンと身体が熱くなった。

「岐阜県に中津川ってとこがあってね、その中津川のちょっと先で八月の八、九日に『全日本フォークジャンボリー』ってのがあったんだよ。それに行ったんだ」

「ふーん、お友達と何人かで？」

「いいや、一人でだよ」

「たった一人？　岐阜県って遠いじゃない、よく親が許してくれたわね」

「まあ、結果的にはね。でも、そのためにいろいろと作戦を考えたんだ。親だってそう簡単にうんとは言わないだろうしね。だからまず、宿題を片づけることから始めた。夏休みの最初の二週間は毎日図書館の学習室に通ったよ。朝から夕方までずっとだよ。それからフォークジャンボリーだけじゃもったいないから、八月二二日からの『関西フォークキャンプ』にも行くことにしたんだ。そうなるとその間が二週間近くあるだろう。だから志摩半島回って京都に行って、それから山陰の方回ってまた京都に戻るような計画を立ててたんだ」

「どこに泊まったの？」

「ユースホステルとか、親戚の家とか、姉貴の友達のとことかいろいろ・・・」

「ユースホステルって何ヶ月か前に申し込むんでしょう？」

「そうだよ。県庁に行って会員証を申し込んでね、それからいろんなユースホステルに申し込むんだ。だからほんとはもうずっと前に申し込んであったってわけ」

「じゃあ、親から反対されたらどうしてた？」

「家出してでも行くつもりだったよ。親にもそう言ったんだ。ダメって言っても絶対に行くからねって」

「ふーん。結構強引なんだね・・・で、どうだったのフォークジャンボリーは？」

「よかったよ、すごく」

「えー、それだけ？　もっとちゃんと聞かせてよ」

みさきはそう言って、また人差し指でつつく。

「はいはい。まあ、とにかくね、人がいっぱいいたよ。去年アメリカでウッドストックってのがあっただろう、あれに比べると小さなものかもしれないけど、何かとにかくウッドストックだなって感じはあったね」

「ウッドストックかあ、私も見たよ、雑誌で。三〇万とか四〇万とかの人が集まったんでしょう。すごいよね、でもフォークジャンボリーもそんな感じだったんだ・・・ねえ、ちょっと待って、待っててね」

そう言ってみさきは席を立っていった。みさきは腰を据えて聞くつもりだ。

初めての旅
第2回全日本フォークジャンボリー

　夜行列車に揺られ、長い長い、気の遠くなるような退屈な時間を何百回と腕時計で確かめ、へとへとになりながら、やっと朝方に名古屋にたどり着いた。それから中央線に乗り換え、中津川の二つ先の駅まで。そこからはバスだ。名古屋から乗った列車には、髪をなびかせている人や、ギターを持った人や、岡林信康や高田渡の話をしている人が通路やデッキに溢れていて、列車を降りて湖畔へ向かう臨時バスを待つ人たちも何かを期待しているようにざわめいていた。バスは満員の乗客を乗せてゆっくりと山道を登って行く。バスを待ちきれずに、歩いて向かう人もたくさんいた。

　バスを降りると湖畔の会場だった。やっと着いた。ここへ来るのが目的だった。そのために僕は、できる限りのあらゆることをやったんだ。あらゆる苦行に耐えてきたんだ。入り口で入場料

を払うと、二重丸に縦線のマークの入ったペンダントを貰った。それが入場証だった。
土の上にたくさんの人が座っている。ステージの上ではマイクのテストや、機材のセッティングで人が動き回っている。ステージの横には湖が見え、水浴びしている人もいる。会場のまわりには食べ物を売るテントが立ち並び、「遠望楽観」とか「自由を！」とか「PEACE NOW」とか書かれた幟《のぼり》や旗が何本も立っていた。顔中ひげを生やし、長い髪の毛をかきあげながら歩いている人が何人も通り過ぎて行く。チューリップ帽をかぶった人、ギターを弾いて歌っている人、寝ころんで日光浴をしながら本を読んでいる人、ちらしを配っている人、コーラや焼きそばの売店に群がっている人。陽が照りつけていて暑かった。草の匂いがした。土の匂いがした。いったいどれくらいの人が集まっているのだろう。何かとてつもなく素晴らしいことが起こるような予感。入口の向こうには、またバスが到着し、人がどんどんと吐き出されていた。

演奏が始まった。はしだのりひことマーガレッツ、バラーズ、ひがしのひとし、アテンション・プリーズ、そしてやっと高田渡が出てきた。

――銭がなけりゃ君！　銭がなけりゃ
帰った方が身の為さ　アンタの故郷へ
――「銭がなけりゃ」高田渡・岩井宏

加川良が加わって三人はカントリー風に演奏する。

——帰る巣が無い　さすらうおいら　街から街への　その日暮らし
心安まる所がないのさ　この世に住み家が無いからよ

——「この世に住む家とてなく」高田渡・岩井宏・加川良

——なんかいいことないか　なんか面白いことないかと　夜汽車は急ぐのです

——「夜汽車のブルース」遠藤賢司

遠藤賢司。彼は花を一輪差したテンガロンハットをかぶり、ギターと格闘しながら、ハーモニカで叫び声を上げる。ああ、なんてカッコいいんだろう。これまでラジオの深夜放送でしか聴いたことのなかった歌が、目の前で歌われていた。初めて聴く歌もたくさんあった。僕は膝を抱えじっと、じっと聴いていた。

いつの間にか夕暮れになっていた。真っ青だった空も群青色に変わり、ステージは照明で浮かび上がって来た。演奏の合間に寝っ転がって空を見上げると、数限りない星がその出番を待つように控えめに煌《きら》めいていた。そして、五つの赤い風船の演奏が始まった。

――遠い　海の彼方に――

そう歌い出されたとき、僕はいきなり凍り付いてしまった。会場全体も今までのざわめきが消え、一瞬でシーンとなった。誰もがじっと、ただじっと息を呑んでいる。これは何だ。背中がぞくぞくし、目頭がジーンとした。大勢の観客の熱い熱い思いがひしひしと伝わってくる。そんなエネルギーがいっぱい詰まった静けさの中、ボーカルの藤原秀子の声は星空いっぱいに広がり、その間をビブラフォンの音がまるで蛍のように飛び交い、星の間に散らばっていった。

――血まみれの　小さな鳩が
私の窓辺に　私にこう聞くんだ――

西岡たかしの笛の音が空気を切り裂くように鳴り響き、しかし歌は、アルペジオのギターに合わせて淡々と歌われた。それは寄せては返す波のように、僕の心を洗ってゆく。

――それでも翼を広げて　飛んだのだ――
「血まみれの鳩」五つの赤い風船

これが、歌なんだ。そして僕はこれを聴きにここまでやって来たんだ。涙が溢れてきた。五つの赤い風船は、ほんとに遠い海の彼方からやって来た宇宙人のようだった。

それからは会場全体がひとつになって、「遠い世界に」の大合唱となった。

「一つの道を！」

　――一つの道を　――

「力のかぎり！　もっと大きい声で！」

西岡たかしの声がひっくり返る。だから僕らも大声で歌う。

　――力のかぎり　――

「明日の世界を！」

　――明日の世界を　――

「さがしに行こう！」

　――さがしに行こう　――

「さあ、もう一度、明日の世界を！」

――「遠い世界に」五つの赤い風船

演奏と演奏の合間に、隣に座っている人がギターを弾き、歌い出した。それで僕もギターを取り出して、それに合わせて歌い出した。すると周りの人たちも一緒に歌い始めた。「五〇〇マイル」、そして「友よ」と、次々と歌っていった。歌詞を知らない歌もあったけれど、聴いたことのない歌なんてなかった。フォークはみんなの共通の言葉だった。

――野に咲く花の　名前は知らない
　だけども　野に咲く　花が好き
　　　　――「戦争は知らない」ザ・フォーク・クルセイダーズ

「どこから来たの？」とみんなで訊き合った。みんな京都、東京、島根、岐阜、熊本とさまざまなところからやって来てこの場所にいる。僕だってそのひとりだ。最初に歌い出したのは苫小牧から来た大学生だった。

夜は更けていき、それでも会場は熱気に包まれていた。ステージではどういうわけか、チェコの舞踏団が踊っている。その中のひとりが「コン、バンワ」と言うだけで歓声が上がる。何でチェコの舞踊団なんだろう？　そう言えばさっきは祭りのお囃子みたいなのをやっていたグループもいた。

そのあとは浅川マキだ。彼女は真夜中の人だ。長い黒髪と黒の衣装でジャズっぽく、かもめ　かもめ・・・と歌う。

そして、ついに岡林信康。彼はギター一本ではなく、「はっぴいえんど」というロックバンドをバックに歌った。まるでボブ・ディランのように。

休みの国の「追放の歌」、藤原豊の「風に吹かれて」。歌はどれもが輝いていた。歌い手に当たる照明が、そのまま彼らの歌う言葉にも当たってキラキラとこちらに飛んできた。隣に座っている苫小牧の彼が僕の方に顔を向けた。彼はとてもうれしそうに笑って、ウイスキーのポケット瓶をこっちへ差し出す。彼の顔も目もキラキラと輝いている。きっと僕もそんな顔をしていたんだろう。小雨が降りだしてきて、冷えてきた体にウイスキーの熱さがしみ渡ってくる。

うとうとしているうちに、いつの間にか夜が白み朝になりかけていた。それでも演奏は続く。斉藤哲夫の「斧をもて石を打つが如く」、小室等と六文銭の「雨が空から降れば」、ソルティー・シュガーの「走れコータロー」。そして「はっぴいえんど」。でもよく聞こえない。ボーカルの声はギターやドラムの音にかき消されて、何を歌っているのかよく分からない。その後は杉田二郎がビートルズの曲を歌う。もう陽は高く昇っていて、冷たくなった身体がだんだんと暖かくなってきた。眠気が襲ってくる。そして最後は再び、岡林信康だ。

——私たちの望むものは　　くりかえすことではなく
私たちの望むものは　　たえず変わってゆくことなのだ
私たちの望むものは　　決して私たちではなく
私たちの望むものは　　私でありつづけることなのだ・・・

——「私たちの望むものは」岡林信康

僕は眠い目をこすりながら、それでも震えていた。寒いからじゃない。僕がこれまでなんとなく思っていたこと、感じていたことを、ここで今、彼はちゃんと言葉にして、かみ締めるように、また叫ぶように歌っていた。

そうなんだ、その通りだ。繰り返すことではなく、たえず変わってゆくことなのだ。

心が震えていた――

「いいなあ、そんな感じだったんだ・・・いろんな人が出たのね」

みさきは椅子の背にもたれてフーっとため息をついた。

「ねえ、誰が一番良かった?」

「誰って言われてもなあ、遠藤賢司はカッコ良かったし、五つの赤い風船は音楽的には素晴らしかったし、でも岡林はやっぱり強烈だったな」

「どんなふうに?」

「『私たちの望むものは』って曲があるんだけどね、最初の方は『私たちの望むものは、生きる苦しみではなく、私たちの望むものは、生きる喜びなのだ』っていうんだけど、まあ普通だよね。ところが後半になるとそれが『生きる喜びではなく、生きる苦しみなのだ』に変わるんだ。『あなたを殺すことではなく、あなたと生きることなのだ』が『あなたと生きることではなく、あなたを殺すことなのだ』って歌詞が逆転するんだよ。分かる? 私たちの望むものは生きる苦しみなんだよ、私たちの望むものはあなたを殺すことなんだよ。そしてね、『今ある幸せにとどまってはならない、まだ見ぬ不幸せに今飛び立つのだ』なんだよ。それを聴いたときはドキーッとしたね。おまえはどうなんだ、どう生きるんだって、何か問題突き付けられたみたいで背中がゾクゾクしていたよ」

「ふーん・・・そうなんだ・・・何かすごいってカンジは分かるけど・・・でも、まだ始まったばかりでしょ、旅は。それからどうしたの？」

みさきはまた身を乗り出して頬づえをつく——

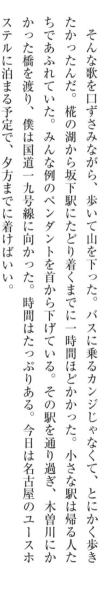

ヒッチハイク

――誰も　いない　でこぼこ道を　歩いてく
からの　水筒も　こんなに重いと　思うのに
――「追放の歌」休みの国

そんな歌を口ずさみながら、歩いて山を下った。バスに乗るカンジじゃなくて、とにかく歩きたかったんだ。椛の湖から坂下駅にたどり着くまでに一時間ほどかかった。小さな駅は帰る人たちであふれていた。みんな例のペンダントを首から下げている。その駅を通り過ぎ、木曽川にかかった橋を渡り、僕は国道一九号線に向かった。時間はたっぷりある。今日は名古屋のユースホステルに泊まる予定で、夕方までに着けばいい。

道端には長い髪の男女がヒッチハイクをしようと手を挙げていた。僕は少し離れたところにギターとバッグを降ろし、その上に腰掛けて、彼らがどんな風にヒッチハイクをするのかを観察した。国道一九号線はのどかな山道で、車もたまにしかやって来なかった。陽は真上にあったが、風は心地よく吹いていて、どこからか鳥の声が聞こえて来た。

彼らは二人連れということもあってか、なかなか成功しなかった。それでも三〇分ほどでやっと一台のトラックが止まった。彼らは車に乗り込み、窓から顔を出して僕に手を振った。何か言ったようだったが僕には聞こえなかった。

「どこまで行くの」

「名古屋まで行きたいんです」

僕の場合は一〇分ほどでコロナマークⅡが止まってくれた。彼はネクタイをした、サラリーマン風の人だった。そして生まれて初めてのヒッチハイクは意外とあっさりといった。

「フォーク何とか、ってやつに行ったのかい？　なんか若いのがいっぱい来たらしいな。君はどこから来たの」

「熊本です」

「へえー、そんなとこから」

「東京とか島根とか、北海道から来ている人もいましたよ」

そうやって一時間ほど走っていると

「また、ヒッチハイカーがいるぞ」

と彼が前の方を指差した。

「あー、あの人たち」

「知り合いか」

彼が車を路肩に寄せると、二人連れはにこにこしながら後の座席に乗り込んできた。どうやら彼らの乗った車は途中までしか行かなかったようだ。

「えっ、武蔵美《むさび》なんですか。ウチのアネキと同じだ」

「へえ。お姉さん学部はどこなの」

「確か工芸デザインだったと思います」

話しているうちに彼ら二人が武蔵美（武蔵野美術大学）の学生だということが分かった。

車の中が一気に和やかになった。そして彼らが、フォークジャンボリーの前は、長野の「紅のカラス族」のところにいて、これから京都へ行くことや、僕が高校生で今日は名古屋で泊まり、明日は志摩半島へ向かうことなどを話した。彼らの言った「紅のカラス族」というのが、その時は何かよく分からなかった。


明くる日もまた天気はすばらしく良かった。南行きの電車に乗り、郊外へ出た。街中ではヒッチハイクはできない。手を挙げても止まるのはタクシーばかりだからだ。電車の窓から外の風景を見ながら、どこで降りるかを決めた。一応国鉄の周遊券があるので、このまま乗って志摩半島まで行くこともできたけれど、僕はヒッチハイクをしたかった。

南へ向かう国道は木曽路とはずいぶんと様子が違っていた。大型ダンプカーや長距離トラックがひっきりなしに唸りを上げながら走っていた。もう一時間近く、僕はトラックの排気ガスや時々飛んでくる砂粒やクラクションの音を浴びながら、バカみたいに手を挙げていた。僕は完全に無視されていた。

「ヒッチハイクってだいじょうぶか？　車が止まってくれなかったらどうするんだ。バスとか電車とかあるだろう」

というのが大方の意見だった。でも僕はみんなの言うことには取り合わなかった。誰も何にも分かっちゃいない。そんなことじゃないんだ――

しかし、しかしだ。今やこのことが現実となってしまった。このまま永久に車は止まってくれないんじゃないか、という思いがどんどんと膨らんでゆく。側を通る人は、物珍しげに、いぶかしげに僕を眺め、反対車線を通り過ぎる車の目線でさえそうだった。みじめだった。昨日がたまたまラッキーなだけだったんだ。

それでも僕は駅に引き返そうとは思わなかった。もしかして場所が悪いんじゃないだろうか？　少しずつ歩き出した。そうしているうちに、あることに気づいた。車は一定の間隔で何台か連なってやって来る。手を挙げると、運転している人は皆、僕を見てゆく。止まってくれそうな予感はあったんだ。もしかして、止めたくても止めることができないんじゃないのだろうか。

後に車がいたら直ぐには止まれない。ヒッチハイカーを見つけても乗せるかどうか、考える時間も必要かもしれない。それに、止めやすい場所かどうかも大事だ。僕は路肩の広くなっているところまで歩き、車の連なりの一番後の車を見据えて大きく手を挙げることにした。こうなれば止められるかどうかの勝負だ。

それからしばらくして二〇メートル程先に小型トラックが止まった時は、それまでの不安やみじめさなどいっぺんに吹き飛び、僕はそこまで全力で駆けていった。

四日市を過ぎると、道路も風景もおだやかになった。小型トラックは津までしか行かないというので、町に入る手前で降ろしてもらった。

道はなだらかな登りで、三〇〇メートルほど先でカーブしている。道の両側には、ポツポツとブロック塀の家や食料品店があり、家の壁にはコカコーラや蚊取り線香の看板や政治家のポスターが貼ってあった。家の裏手にはもう畑や空き地が広がり、遠くには山々が連なっている。陽はまだカンカンと照りつけてはいたが、風はさわやかだった。志摩半島まで半分ぐらいは来ただろうか。道端にバッグを置きその上に座り、近づいて来る車に向かって手を挙げた。この場所は道の遠くからでも見えるし、道の脇も広く、車を止めるスペースだって十分にある。今度はうまく行きそうな気がしていた。

止まった車はかなりのポンコツで、ドアはへこんでいて下の方は錆びていた。僕は荷物を後のシートに放り込み、助手席へすべり込んだ。

「こんにちは」

「どこまで行くの？」

「南です」

「南ねえ。ずっと旅行してんの？」

彼はタバコをもみ消しながら言った。

「えーっと、今日で四日目かな。中津川の先まで行って、昨日が名古屋で今日は大王崎の灯台の近くのユースホステルに泊まるつもりなんです」

車はまだスタートしなかった。

「どこへ行くんですか？」

「いや、別にあてはないんや。そろそろ帰ろうか思ってたところなんや。けど、南端まで行くのもええな。一緒に行ってみよか、ええか？」

僕に断る理由などなかったけれど、ポンコツ車はちょっと心配だった。ただ、彼の言った「南端まで」という言葉がとても心地よく聞こえた。彼はよいしょっとギヤを入れ、車はスタートした。

彼は二〇歳台の後半ぐらいだろうか、とても気さくな人で、僕たちは最初から友達のように喋った。彼はフォークジャンボリーのことや、これからの僕の計画や行き先をおもしろがって聞いた。そして、開け放しの窓から入ってくる土ぼこりと、蒸し風呂のような車内の暑さと、フロントガラス越しにジリジリと照りつける直射日光にもめげず、僕らは海岸線や曲がりくねった山道をダンプカーにあおられながら走った。松阪を過ぎ、陽が傾きかけたころに鳥羽の港町に着き、そこの雑貨屋でサンドイッチとコーラを買い、船の出払った小さな桟橋の先端に座った。そういえば、名古屋のユースホステルの朝食以来何も口にしていなかったこと気づいた。朝九時過ぎにユースホステルを出たのがまるで信じられず、ずいぶんと前のことのように思えた。

再び車を走らせ、大王崎の灯台を目指した。

灯台に着いた頃はもう夕暮れだった。灯台の下の岩場に腰を下ろし、海を眺めた。海は果てしなく続き、夕陽は海をゆらゆらと染め、その中に溶け込もうとしていた。圧倒されるような、それでいてあたたかなほっとするような金色の夕焼けだった。

前に太陽信仰の話を聞いたことがある。それは太陽のめぐみに感謝して拝むというような単純なことじゃないと言うんだ。日が少しずつ海から昇ったり、海に沈んでいったり、そんな時の厳かな気持ち、何かありがたいという気持ち、その感動こそが太陽を信仰することだと言うんだ。その話がほんとうなのか、いい加減なのかはよく分からないけれど、海からの湿った風に吹かれながら、とにかく僕はそんなことを考えていた。彼もまた黙ったまま海を見ている。

やがて陽が完全に沈むと立ち上がり、僕たちは握手をした。

「ええ旅になるとええなあ」

「どうもいろいろとありがとうございました」

「じゃあ、またな」

「はい、またどっかで」

彼は車をスタートさせた。乾いた土を巻き上げながらポンコツのコロナが走り去って行く。彼はどこに帰ってゆくんだろう、そしてまたどこかで会うことがあるんだろうか。ほんの数時間前に出逢い、まるで昔からの友達のようにしゃべり、ドライブし、そして別れる。彼のことは何も知らない。彼もまた僕が旅行中の高校生であることぐらいしか知らない——


次の日も昨日と同じように雲ひとつなく、憎らしいほど晴れていた。行く先は京都だ。松阪まで戻り、それから伊賀上野を通って京都を目指す。もちろんヒッチハイクだ。

最初に止まってくれたのは軽トラックで、ギターとバッグは後の荷台の農薬の入ったビニール袋の間に積み込んだ。その軽トラックは、松阪を過ぎて伊賀上野に向かう国道一六五号線に入ってしばらく行ったところまでだった。まあ最初はこんなものだろう。たった一回で京都まで行けるとは思ってもいない。軽トラックが脇道に入って見えなくなると、もう僕一人だった。車はどちらからもやって来ない。ただ灰色の鈍く光ったアスファルトと眩しく反射している白い中央線が途切れ途切れに続いているだけで、風さえも吹いては来なかった。それでも一応は国道だ。時々思い出したように車がやって来る。その車に向かって手を挙げる。しかし皆しらんぷりで通り過ぎて行く。

陽は真上から容赦なく照りつけた。アスファルトは焼けて地獄の炎に焼かれている。向こうを見ると空気は沸騰しているのか、ゆらゆらと景色が揺れている。せめて木陰にでも入りたかった。それで僕はとぼとぼと歩き出した。しかし、行けども行けども周りは林と畑だけ。道端が陰になっているところはなかなか見つからなかった。たまに車がやって来ると振り向いては手を挙げ、そして降ろした。

どれくらいそうやって歩いたのだろうか。強い陽射しは頭を焦がし、荷物は肩にぐいぐいと食い込んだ。ギターを持つ手は感覚がなくなり、喉はカラカラ、頭はぼんやりとして、目をつぶると真っ赤な世界が広がった。この道はどこまで続いているのだろう。僕はあと何時間、どれほどの距離を歩かなければならないのだろう。不安を通り過ぎ、もうどうでもいいような気持ち。いや、それすら意識しない、自分の存在すら消えてゆく。

どれくらいの時間が経ったのだろう。不思議な気分だった。肩の痛みが何となく嬉しくなってきた。そして一歩一歩踏みしめる土、肌に感じる太陽の熱さ、水を欲しがる喉、それらがはっきりと分かる。この僕には、足がちゃんとあり、肌がちゃんとあり、喉もちゃんとあったんだ。それらが僕にいろんな要求をしてくる、不満をぶつけてくる。しかし、僕の足は大地と対等に渡り合い、肌は陽射しに押されながらも闘っていた。肩も喉もそうだった。血は体中を駆けめぐり、まるで北ベトナム軍のように体中でゲリラ戦を展開していた。銃を放ち、手榴弾を投げ、高射砲を撃ちまくる。土煙が上がり、何かが爆発した。皮膚のどこかが熱くただれ、耳の奥がキーンと鳴ったまま僕は爆風に飛ばされてゆく——

日向に出ると今日も同じように強い陽射しが襲ってきた。荷物をユースホステルに預け、カメラだけを持ってぶらぶらと嵯峨野を歩き、小さなお寺やたくさんの無縁仏や線路を見た。木立や竹林の間から洩れる光はところどころでハレーションを起こし目を眩ませたが、それが土の道にまだらな模様を作り出すと、とたんにひどく気だるく、まるで露出オーバーの写真を見ているようだった。

嵯峨野を嵐山の方へ抜け、渡月橋の近くの小さな薄暗い店でかき氷を食べた。冷たくて頭の中がときどき凍った。そして河原に降りて川に向かって石を投げた。土手に寝ころんで川と山を眺めた。深緑色の嵐山は三角形をしていて、真っ青な空と異様なコントラストをなしていた。夏の山と空はこんなような色をしていたか、思い出そうとしても浮かんでは来なかった。今までこんな色合いの風景を見たような気はしなかった。そしてそのコントラストさえも初めて見るようだった。それは僕がこれまで何も見て来なかったということなのだろうか。見てきたつもりでもほんとうは見えていなかったということなのか。旅に出てから風景だけでなく、いろんなものが新鮮だった。

結局昨日は、やけになって道端に座り込んだ僕の姿が行き倒れのように見えたのか、親切なトラックが止まってくれ、宇治の郊外まで運んでくれた。まるで遭難した者が救助されるようにだ。そしてそこからは電車に乗り、夜には京都嵯峨野のユースホステルにたどり着くことができた。

いったい僕は何をしているんだろう。何のためにヒッチハイクなんかしているんだろう。あんなにキツい目にあってまで。あの時のカンジは今も強く残っている。確かに電車に乗っていけば楽だろう。しかし、ヒッチハイクする。それはあえて困難に立ち向かうとか、何かの目的とか、何かの意味のためとか、そんなことではなかった。ただ、路上でクルマに向かって手を挙げる。どんなに暑かろうが、荷物が重たかろうが、喉が渇こうが、そんなことはどうでもよかった。ただ、手を挙げる。そう、何かのためにじゃなく、路上に立ち、ただヒッチハイクのために、そのためだけに手を挙げるんだ――

一枚の絵

列車で舞鶴へと向かった。そこには母方の親戚がいて、昨年亡くなった母の叔父さんの位牌に、線香を上げてくるようにと言われていたからだ。もちろんそれは口実で、きっとそこでは歓待を受け、長いひとり旅によかれと思う母の気遣いだった。しかし僕は、そこで三泊する予定を二泊で切り上げ、山陰へと向かった。こんなところで年寄りに付き合ってはいられない。

ローカル線を二度ほど乗り換えて鳥取へ。初めての土地を走る列車は、ヒッチハイクとはまた違った快適さがあった。複雑な海岸線が見え隠れし、海は荒れているのか、白い波が目立った。線路脇の緑も、遠くにずっと連なる中国山地もこれまで見てきた風景とは違っているように思えた。海岸線の長いカーブで列車の先頭が見える。列車は真っ赤な、ほんとに大きな夕陽に向かって走り続ける。そして、青年は荒野をめざす——

鳥取で列車を降りた僕は町をぶらついた後、夕方の混雑するバスターミナルの待合室でこれからどうするかを考えていた。ユースホステルの予約は明日の岡山にしかない。ここで寝るところを探すか、バスでどこかまで行って、あとはヒッチハイクで岡山の方へ抜けるか、あるいは駅まで戻っていっそ夜行列車で岡山へ向かうかのどれかだ。

待合室はリュックを背負った若者や、子ども連れの旅行者、それに勤め帰りの人などが行き先別になった時刻表を見ながら、それぞれにうなずいたり、話し合ったり、腕時計を見たりしていて、まるで満員電車の中のようだった。

「君もフォークジャンボリーに行ったの?」

突然そんな声が聞こえた。振り向くと大きなリュックを背負った大学生ぐらいの二人連れだった。彼らは、僕の腰にぶら下がった例のペンダントを見て、そう言ったのだろう。

「鳥取の人?」

「あ、いいえ、旅行中です」

「どこに行くの?」

「ええ、いいや、どうしようかと思って・・・」

「泊まるところあるのか?」

「いや、・・・」

「俺たち、これから砂丘のキャンプ場に行くんだ。一緒に来ないか」

「おい、バスが来たぞ！」

もうひとりが向こうを見ながら言った。

「どっから来たの？」

「もともとは熊本ですが・・・」

「じゃあいいじゃないか」

何がいいんだろう・・・

「おい、早くしようぜ」

もうひとりの方が僕の手を取って立ち上がらせ、バスの方へ引っ張っていった。そして僕は迷っているうちにバスに乗せられ、キャンプ場の入口で彼らと一緒に降りた。

キャンプは僕も彼らも得意だった。手分けしてテントを張り、夕食を作り、と言っても魚の缶詰を開け、ソーセージを火で炙って、あとはパンだった。

「いくつ？」

「一六です」

「へえ、まだ一六？　高校二年か。そんなもんか。俺たちは両方とも二〇歳。でも、親とかだいじょうぶなのかい」

「おいおい、そんなどっかの大人みたいなこと言うなよ。彼は一六でもちゃんとこうやって旅してるじゃないか。年なんか関係ないよな。何を、どれだけのものを見てきたかってことだろ。俺たちより彼の方がもっといろんなものを見てきたかもしれないじゃないか」

「そりゃそうだけど・・・」

もうひとりがタバコの煙を吐きながら言った。彼らは岐阜大の学生だった。

次の朝は暑さも手伝って、三人とも早くに目が覚めた。顔を洗ってから、砂丘を目指した。砂は焼けて熱く、向こうの海を見るには丘を越えなければならなかった。

最後の急斜面は、三人とも気が狂ったように声をあげて登った。そしてとうとう砂の丘の上に立った。目の前に広がる海は深いグリーンと深いブルーの両方の色があり、白い波がアクセントをつけていた。風が吹きつけていた。それは強く、まるで冬の風のように冷たかった。水平線はぼーっと霞んでいたが、もっと目を凝らすと遠く大陸が見えるような気がして、僕は長い間その場所に立っていた。同じ海でも大王崎で見た海や僕が育った天草の海とは全然違っていた。これが日本海なんだ。


それから松江に向かうという彼らと鳥取駅で別れ、岡山行きの列車に乗った。途中、津山というところで途中下車し、町をぶらついた。何かのあてがあるわけでもなく、津山がどういうところなのかも全く知らず、ただなんとなくだ。そのうちに雨が降り出し、あわてて駅に戻り、再び列車に乗った。

夕方岡山に着くと、強い風とともに雨が激しく降っていて、僕はずぶ濡れになってユースホステルに駆け込んだ。ギターはケースがしっかりしていたのでなんとか大丈夫だったけれど、バッグは中までびしょ濡れだった。

明くる日、台風は去ったらしいが、まだ小雨の降る中を電車で倉敷へと向かった。倉敷には以前姉が話してくれた美術館があり、そこへ行ってみることも計画の中に入れていた。そして観光バスから下りてきたような中年の一団のあとから、柳と土塀の川沿いの道をゆっくりと歩いた。小さな川は土色の水が勢いよく流れている。そして、まるで観光コースをたどるように美術館に入った。しかし、そこで見つけた一枚の絵に僕は引きつけられていた。それは、青空をバックに馬の背中に立つ少年の絵だった。観光客の一団はとっくにその展示室から出て行っていて、シーンとしていた。

空は冬の空のようにすがすがしい青で、白い雲がちぎれ飛んでいる。画面の真ん中で跳ねている馬は、こげ茶色で、細部まで細かく描かれていないせいか、奔放に動き回る何か得体の知れない塊のように思えた。地面に立った調教師は怖い顔で、その塊から伸びた紐を左手で持ち、右手にはムチを持って操ろうとしている。少年はその馬の背中で、手をいっぱいに広げ、バランスを取りながらも片足ですくっと立っている。それはどこかにちょっとでも力を加えれば、すぐに落ちそうな危うい緊張の中で、とても凛々《りり》しく、颯爽《さっそう》としていた。僕はその絵を長い間見ていた。

美術館を出ると雨は上がっていた。通りすがりの人に、国道二号線へはどう行けばいいのかを尋ね、そちらへ足を向けた。倉敷から国道二号線を東へ向かう。岡山、姫路、加古川、明石、神戸、大阪、そして再び京都へ。もちろんヒッチハイクだ。

最初に止まったのは三〇代後半のサラリーマンの運転する白いライトバンだった。

「君いくつ？」

「高校二年です」

「家出じゃないだろうね。何でヒッチハイクなんかしてるの？　お金ないの？」

「いや、そういうわけじゃあ・・・」

「だったら電車で行きなさいよ。どこまで行くのさ」

「・・・京都まで・・・」

「遠いじゃないか。ダメだよ、こんなことしてちゃ。悪いこと言わないから、電車にしなさい。君の親だって心配だろう」

そうやって岡山駅の真ん前で降ろされてしまった。

まったく・・・大人はどうして自分の考えを押しつけるんだろう。余計なお世話だ。自分の考えが一番正しいと思っているんだろうか。ホントに僕を心配しているなんて思えない。もしそうだとしても心配って何だろう。僕の何を心配するんだろう。僕には僕のやり方がある。自分のことは自分で決めるよ。自分の価値観は自分で作る、歳なんて関係ない。時代は変わっているんだ、価値観なんて変わってゆくんだ——

二台目の車は加古川の橋を渡ったところまで運んでくれた。橋の上から川を見ると、茶色い泥水が普段よりもずっと水位を増して、ごうごうと流れている。圧倒的な水の量に、見ているだけで流れに引き込まれそうだった。その橋の脇で手を挙げ続け、そして乗り込んだのは、車を一〇台も後に積んだ大型トレーラーだった。見晴らしは最高で、乗り心地は最悪。

やがて日が暮れる頃、高速道路に入った。大型トレーラーは阪神高速をぶっ飛ばす。エンジンはブンブン唸り、体はガ、ガ、ガ、ガ、と小刻みに揺れ、同時にもっと細かな震えるような振動が伝わってくる。運転手はハンドルに腕を絡ませ、僕の方を向いてつばを飛ばしながら大声を張り上げる。僕も声を枯らしながら、まるでケンカでもするようにそれに応える。ミック・ジャガーが頭の中で踊り始める。夜をぶっ飛ばせ！一緒に夜を過ごそうぜ！

神戸の街の灯はずっと上の方まで延び、大阪の街の灯は遥か遠くまで低く広がっていた。そして万国博のいろんな形の建物が散らばっているのが見える。その丘を横に見てしばらくすると、高速道路はだんだんと山の中に入っていった。

オレンジ色の照明灯と連なった真っ赤な車のテールランプがなだらかにカーブしながら延々と闇の中に連なっている。それはまるで夜空へ飛び立つための滑走路のようだった。

京都駅

京都南インターの近くで大型トレーラーを降りた。後に積まれた車のシートから荷物を取り出し、素晴らしいケンカ相手にお礼とさよならを言った。そして、高架になった高速道路から階段を伝って降りていった。

「何でこんなところにいる?」

「どこへ行く?」

「何の目的で?」

突然矢継ぎ早の質問が飛んできた。階段を降りたところにパトカーが止まっていて、警官二人が立っていた。

「名前は?」

「住所は?」

「歳は?」

「親は承知か?」

「バッグの中身はなんだ?」

警官は僕を家出人と決めてかかった。僕はその家出人の疑いを晴らすために、バッグをひっくり返し、泊まったことを示すスタンプの押されたユースホステルの会員証や、国鉄の周遊券を見せ、なんなら家に電話して確かめてくれとも言った。しかし警官はまだ僕を家出人にしたがっていた。

「今日はどこに泊まるんだ?」

「いや、別に、まだ・・・」

警官の目がキラリと光った。僕はしまった、と思ったがもう遅い。

「高校生が泊まるところも決めずに、ヒッチハイクなんかして、親は心配するぞ・・・」

全くこれで二度目の説教だ。あげくの果ては京都駅近くの警察署だ。そこで誰かに相談して、泊まるところを探せときた。そうしてパトカーの後の席に乗せられ、警察署に向かった。パトカーは僕が警察署に入って行くまで動かなかった。

「何や、君は?」

受付のカウンターの奥から出てきた警官が僕を上から下まで眺めながら言った。

「今夜泊まるところはないでしょうか?」

「ここは警察やで。宿泊案内所やないで。まあええ。せやけど今一番人の多い時やで。それにこの時間やし、ちょっと難しいんとちがうかあ」

「・・・・・・」

「そや。オールナイトの映画館ちゅうのはどうや？　ところで君幾つ？」

「一六です」

「アー、そらアカン。一六歳じゃアカン」

僕が荷物を抱え上げると、その男はもう自分の席に戻っていた。

　外に出ると、さっきのパトカーはもういなかった。しかし、考えてみると僕はヒッチハイクでパトカーを止め、こうして目的の京都駅までやって来たことになる。そう思うとおかしくて、ひとりで笑いながら京都駅に向かった。


　大文字焼きの前後は、京都の人口が二倍になるらしい。それに加え、今年は大阪万博の影響で、きっと三倍ぐらいになっているに違いない。駅はひどく混雑し、待合室の冷房は人が多すぎて効かず、通路にも人が溢れていた。

　声高にしゃべっている大人たち、リュックを集めた周りではしゃいでいる高校生らしい男女のグループ、ボストンバッグを抱え込んでじっと目をつぶっている人、新聞を熱心に読んでいる人。その脇をひっきりなしに人が通り過ぎて行く。列車の到着と出発を告げるアナウンスが旅行者をせき立て、乗り換え案内は乗客を混乱に陥れ、混雑にいっそう拍車がかかる。しかし、時間が遅くなるに従って人の数も減り始め、それまでの騒がしさがうそのように収まり、やがて深夜になると小ぎれいな旅行者の姿は消え、代わりに僕のような小汚い旅行者と、訳の分からない酔っぱらいや浮浪者が殆どとなった。

僕は東京から来たという二〇歳ぐらいのシンジと知り合いになっていた。シンジはもう何日もここで寝ているという京都駅のベテランだった。

京都駅は一晩中開いてはいるが、待合室は朝六時頃に駅員が回って来て、寝ているとたたき起こされること、八時半になると近くの東本願寺が開くので、そこへ行けばまたしばらくは静かに寝ることができること、そんなことを彼から教わった。

そして二日間僕は立派な浮浪者だった。夜は京都駅でコンクリートの床に新聞紙を敷いて寝て、朝になるとホウキとちり取りを持った駅員にたたき起こされ、ゴミのように掃き出されるのを逃れ、そのあと東本願寺の立派なお堂の廊下で横になった。

それから駅に戻り二階の喫茶店でモーニングセットを注文した。ギターを手荷物預かり所へ預け、銀閣寺や詩仙堂、南禅寺や清水寺を回った。半年前に修学旅行で来たことのある寺もあったけれど、もう一度自分だけで見てみようと思っていた。

人でいっぱいの寺も、まるで人のいない静かな寺もあった。お寺の由緒や歴史についてはあまり興味はなかったけれど、その空間は人がいようといまいと気持ちがよくて、なんといっても涼しかった。それによく見ると建て方や庭のかたちがそれぞれに違っていたし、観光客の通る道をちょっと外れてみると、そこには小さなお地蔵さんがあったり、竹林が続いていたりして、それは何か特別な自分だけのものを発見したようで、そんなこともおもしろかった。

夜になると四条河原町の交差点では、ビルの階段やデパートのショーウインドウの前でギターを弾いたり、ガリ版刷りの詩集を並べている人が何人もいた。

「これ、五〇円でええから買うてくれへん?」

無精ヒゲをなでながら詩人が差し出したのは「詩島」というタイトルの詩集だった。表紙はボール紙で文字は青い色だ。詩はよく分からなかったけれど、ところどころに入っている挿絵が気に入った。

詩人は座禅のように足を組んで座り、澄んだ目で僕を見上げている。顔中無精ヒゲで覆われ、色褪せたTシャツは肩のところが破れてはいたが、何か風格というか、自信みたいなものが体からにじみ出ていた。それは部族の連中とも通じるようなものだ。

僕は、コーラを買ってもまだ二〇円余るな、と思いながらも五〇円を差し出した。今度来るときは、僕もこんなふうに詩集を作って路上に並べてみよう、もしかしたら僕の詩だって誰か買ってくれるかも知れない、そう思った。そして、こんな時間になっても相変わらず風さえ感じない京都の蒸し暑さに次第に慣れていった。

二日後、電車で奈良へ向かった。奈良は小雨が降っているせいか、ぼんやりと煙っていて、そして静かでひなびていた。お寺があり、松の木があり、池があり、鹿がいた。通りを歩いても古い家並みは低く、軒先につり下げられた風鈴も濡れていた。地図を確かめながら湿った石畳を歩いてユースホステルへ向かった。

その夜は久々にゆっくりと静かに過ごすことができた。この古いユースホステルはあまり人気がないらしく、泊まる人も少なく、夕食の後の白々しい自己紹介もなかった。それで庭に出た。

雨は夕方には上がっていて、僕は月を見つけた。半分欠けた月は中空に浮かんでいて、大小さまざまなお寺や、低く連なる家々の屋根をしっとりと照らしていた。風は時折そおっとやって来た。全てが静けさに包まれていた。しかしそれは全く音のない静けさではなかった。遠くに聞こえる列車の音、通り過ぎる車の音、竹の笹のそよぐ音。静けさはこれらの控えめな音により、いっそう静かだった。

熊本を出てから何日が過ぎたのだろう。もう最初の頃のような、見るもの、出会うものの全てが新鮮な感じではなく、ヒッチハイクや街をさまよい歩くことが、なにか当たり前のことのように思えていた。そして僕も、こうして旅を続けてゆくと、四条河原町で詩集を並べていた詩人や部族の人たちのように、小汚いけど、ある種の自信と風格のようなものが備わってゆくのだろうか。しかしそれはいったい何なのだろう。こうして旅をして得るものとは何なのだろう。僕は何をしようとしているんだろう。

月はときどき雲に包まれ、淡い光になる。それは嵯峨野で見た石仏を思い出させた。霧のような雨に濡れながら、静かにたたずむ素朴な石仏の群れ。言葉にできない、不確かな、ただ淡い何か。そんなものが目的のような気がしていた。

——Blue, blue windows behind the stars,
Yellow moon on the rise,
Big birds flying across the sky,
Throwing shadows on our eyes.
Leave us
Helpless, helpless, helpless
Baby can you hear me now?
The chains are locked
and tied across the door,
Baby, sing with me somehow.

——「ヘルプレス」クロスビー、スティルス、ナッシュ＆ヤング

ニール・ヤングってどっからあんな声を出すんだろう、絶望的な悲しみから生まれたような高い声なのに、なぜかほっとするような優しさがあるんだ。

「京都ではユースホステルには泊まらなかったの？」

「うん。最初の時は二泊したけどね。ユースホステルってなんか健全な青少年っていうか、ボーイスカウトっぽいっていうか、そんな感じがしてね、食事の後はみんなで集まって自己紹介とかするんだよ。その後に歌とか歌ったりするところもあるんだよ。そういうのがなんとなくイヤでね、何か表面だけ仲良くしましょうって感じでどっかうそっぽいだろう。まあ、そういうのが好きな人もいるんだろうけどね。それより京都駅の方がずっとおもしろそうだったしね」

「ねえ、駅で寝るってどこで寝るの？　待合室のベンチとか？」

「待合室は人がいっぱいで寝る場所なんかないよ。それに出入りが多いからうるさいんだ」

「じゃあどこで？　通路とか？」

「まあ、なるべく人の通らないとこに新聞紙敷いて横になるんだよ」

「へえ、それってどんな感じ？　浮浪者とかもいるんでしょ」

みさきの眉間にしわが寄っている。それもまたいい。とにかく、みさきはいろんな表情をする。

「浮浪者みたいな人とか酔いつぶれた人とか、ほんとに訳の分からない人とかそりゃいるけど、俺みたいな旅行者もいるから、あんまりみじめって感じはしないよ。知らない人でもなんか、仲間って感じだね」

「でも、変な目で見られたりしない？」

「見られてるかもしれないけど、全然気にならないよ。そりゃ、最初はちょっと抵抗あったけど。

でもね、それって自分が気にしてるだけで、ほんとは誰も気にしてなんかないんだよ。結局自分のプライドとか、今までの価値観がそう思わせてるんだよ。それに気づくと、ふっと、なんだかすごく自由になるんだ。自分だって浮浪者と変わらない、お金もなけりゃ泊まるところだってないんだって思うと、逆にもう何にもこだわらない、なんでもできるって感じになるんだ。うまく言えないけど・・・心が自由って感じかな」

「ええっ、じゃあ、お金もなかったの？」

「そりゃあ、あと何日か過ごせるぐらいはあったよ」

みさきは腕を組み、僕をじっと見つめる。そしてコーヒーを一口飲むとポツリと言った。

「男って、いいよね・・・ずるいな・・・」

――トゥールルル　ルルー　トゥールルル　ルルー・・・
トゥールルル　ルルー　トゥールルル　ルルー・・・
夜が明けたら　夜が明けたら　一番早い汽車に乗るから
切符を用意してちょうだい　私のために　一枚でいいからさ
――「夜が明けたら」浅川マキ

関西フォークキャンプ

――これこそはと信じれるものが　この世にあるだろうか
信じるものがあったとしても　信じないそぶり

――「イメージの詩」よしだたくろう

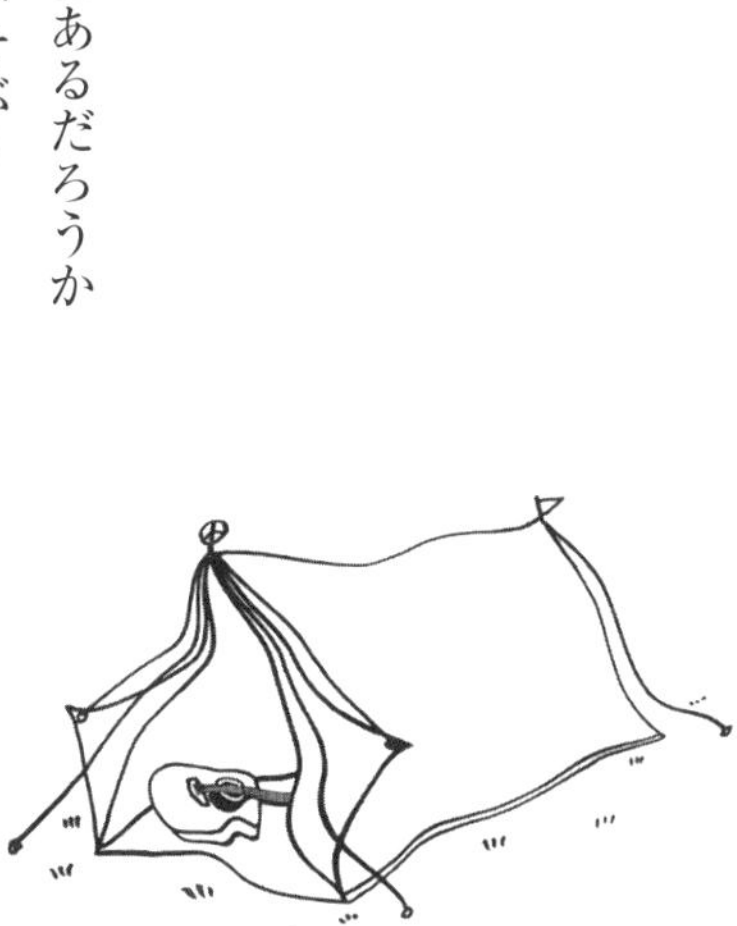

「これ、イメージの詩、いうんよ」
「ふーん。誰の歌？」
「よしだたくろう、広島フォーク村なんよ」
僕と石田くんは大阪難波の「ディラン」でこの歌を聴いていた。昨日は大阪フォーク連合梅田支部という大層な名前だが、普通の六畳の畳敷きの部屋にフォークキャンプから流れてきた十一人で泊まった。そこは外から見ると二階建てに見えるけれど、中に入ると三階建てという奇妙な建物の中にあった。横になっているヤツは図々しいヤツで、僕や石田くんは結局壁にもたれてうつらうつらしただけだった。

フォークキャンプは大阪と兵庫の県境にある妙見山のキャンプ場が会場で、僕は二日分の最低限の食料を買い込み、電車を乗り継ぎ、ケーブルカーに乗って行った。フォークジャンボリーよりもずっと規模が小さく、涼しくてずっと過ごしやすく、テントが用意されていて誰もがその中で寝ることができた。僕は石田くんや高知フォーク村の連中と同じテントだった。みんなで夕食を作り、食べ終わってから、ステージの前へ行って毛布にくるまった。ステージではちょっとした演劇をやったり、ジャニス・ジョプリンやジミ・ヘンドリックスのフィルムを流そうとしていたが、なかなかうまくいかないようだった。僕らはあきらめてテントへ戻り、そしてみんなでギターを取り出し、知ってる歌を片っ端から歌った。

次の日は雨。テントの中でごろごろしていると、なんと石田くんが金延幸子を連れてきた。

「金延さんに来てもろうたよ」と、とぼけたように言う。

みんなが歓声を上げ、そしてまた歌が始まった。僕がドノバンの「カラーズ」を歌い出すと、彼女もいっしょに歌い出す。次は石田くんがＰＰＭの「パフ」だ。みんなあこがれの金延幸子が側にいるので興奮している。声は自然と大きくなっていった。その頃フォークをやっていて、ちょっと詳しいヤツなら誰だって憧れていた。彼女の歌はちょっとしゃれていて日本のジョニ・ミッチェルって呼ばれていたけれど、僕に言わせればジョニ・ミッチェルなんかよりずっと素敵で、それに美人だった。

　雨が上がったのでテントからはい出、ステージの方へ行くとその脇のテントのところに人が集まっていた。高田渡と斉藤哲夫が代わる代わる歌っている。

「あれっ、なーんや。ここにも来たん。おもしろいなあ。なんか似てへん。私たち」

彼女はおかしそうに笑って言った。名古屋のユースホステルで出会った大阪の女子大生だった。

「あれからどうしてたん？　どこ回ってきたん？」

「方々回って来たよ」

「ホーボー？　オンリー・ア・ホーボーやねえ。カッコええやん」

そして彼女から難波の「ディラン」という店を教えてもらった。

　夕方のステージで一番カッコよかったのはやっぱり遠藤賢司だった。彼はオープンチューニングの独特な音でつぶやくように歌った。そして最後はギターをかき鳴らしながら一弦を引き絞り、弦がパーンと切れたところで「どうもありがとう」と言って演奏を終えた。

　彼らの歌を彼らの目の前で聴き、テントの中ではみんなで歌った。フォークジャンボリーじゃ、ただじっと聴いて感動していただけだったけれど、ここではステージの上も下もなく、プロもアマチュアもなく、みんな歌った。

――命はひとつ　人生は一回

だから　命をすてないようにネ
あわてると　ついフラフラと
御国のためなのと　言われるとネ
青くなって　しりごみなさい
にげなさい　かくれなさい

――「教訓Ｉ」加川良

「『教訓Ｉ』ってすげえ歌だよな。あれ何とか覚えられないかなあ。オレ高知に持って帰ってみんなに聴かせてやりたいよ」

「くそー、テープレコーダー持ってくりゃ良かったなあ・・・」

「そのうちレコードになるんじゃないか」

「それまで待ってられるかよ」

「じゃあ、本人に教えてもらうしかないだろう」

「ええっ、加川良にか？」

加川良はいい人だった。僕らの要求に気軽に応えてくれ、テントまで来てくれた。米軍放出品の戦闘服に編み上げのブーツは本物の兵士のようだった。そして、歌詞とコード進行を教えてもらい、僕らは一緒に何度も何度も歌った。ウイスキーのビンが僕らの間を何度も回り、空になる頃に、テント仲間五人で「命シンガーズ」を結成した。そしてあろうことか酔っぱらった勢いでそのままステージに立った。

キャンプ最後の日もあとかたづけを終わると、記念にということでもう一度『教訓I』をやった。歌ったのは「命シンガーズ」だけではなかった。みんながやって来て一緒に歌った。関西フォーク連合の坂田君や大阪の女子大生もいた。北海道の「かもめくじら」と名乗る大学生もいた。何度繰り返して歌ったことだろう。『教訓I』は延々と続いた。石田くんとは気が合って、それからずっと行動を共にしていた。

「ディラン」はその頃、関西フォークの拠点ともいえる有名な店だった。女子大生によると、五つの赤い風船のメンバーや高田渡や中川五郎や、とにかく有名人が集まって来て、店で小さなコンサートもやるということだった。

「ディラン」の裏には米軍放出品の店があり、僕と石田くんはそこでモスグリーンの戦闘服を買った。加川良が着ていたのと同じヤツだ。四〇〇円かそこらだった。石田くんの買った戦闘服の背中には二つの穴があいていて、これはきっと銃弾の跡に違いないと、彼は得意になっていた。

大阪駅で石田くんと別れた後、再び京都に戻り、さらに二日間を過ごした。そして京都発一九時ちょうどの熊本行きの夜行列車に乗った。お金はもう殆ど残っていなかった。列車は熊本を発った時と同じようにがらんとしていた。ギターとバッグを網棚に載せるとバッグの下の方がすり切れて、三センチほどの穴が開いていた。そうやってあらためてバッグを見ると、オレンジがかった茶色の布地がずいぶんと色褪せているのが分かった。

窓を全開にした。列車が走り出し、京都駅を離れてゆく。町の灯りが少しずつ少なくなってゆく。その時ふいに心が騒いだ。このまま帰っていいのだろうか、何か忘れ物をしてきたような、そんな思いが急に浮かんできた。

カンカンカンという踏切の警報機が鳴っている。赤いランプが点滅している。いいんだろうか、このまま帰って。だけど何を忘れてきたのか、何がそう思わせるのかは分からなかった。踏切で列車が通り過ぎるのを待つ人たちの顔が見える。トラックが何台も並んでいる。町並みがどんどん遠ざかってゆく。やがて家々の明かりもまばらになって、列車は闇の中へと入り込んでゆく。

窓の外の暗闇を見ていると、いろんな場面が浮かんできた。椛の湖、大王崎の海、焼けた国道、高速道路の赤いランプ、嵯峨野の仏像、京都駅の雑踏。それにかぶさる何人もの顔、顔・・・

夏休みも終わりに近づいているはずだった。窓からは生ぬるい風が吹きこんでくる。京都の暑さはまだまだ続きそうだった。

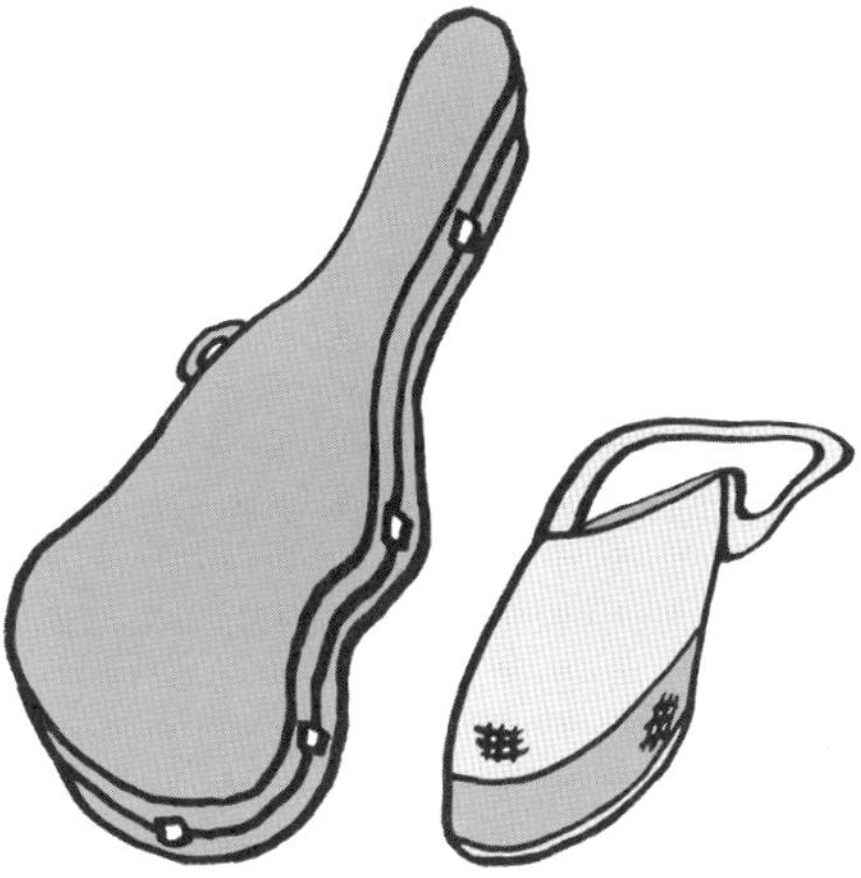

みさき

夥《おびただ》しい警官に囲まれた中に二人が飛び出して行った。そこで画面が止まり、銃声だけが鳴り響いた。映画は終わった。エッタはどうしたんだろう、どこにいるんだろう——

下通りの映画館で「明日に向って撃て」を観たあと僕とみさきは、映画のテーマソングを歌ったり、ハミングしながら熊本城へ向かう長い坂道を上っていった。そして熊本城の入口とは反対に曲がり、大きな門をくぐり、原っぱに出た。そこは広々とした芝生になっていて、大きな樹がぽつんぽつんと立っているだけでなにもないが、空が広く、風が吹き抜けて気持ちのいいところだった。みさきとはこのところ毎週のように会っていた。

「どっちの男がよかった、ポール・ニューマンとロバート・レッドフォード？」

僕は草の上に足を投げ出してみさきに訊いた。

「そうねえ。ロバート・レッドフォードかな。サンダンスキッドって名前がいいじゃない」

「あれはね、たぶんインディアンからもらった名前だね」

「へえー、どうして？」

「インディアンってよくそういう名前付けるんだよ。白鷲の頭でホワイトイーグルヘッドとか、コヨーテのように叫ぶ男でハウリングコヨーテとかね。だからサンダンスキッドは太陽の踊りを踊る少年、とかそんな意味なんじゃないの。みさきだったら、うーんとボニービーとかね」

「えっ何、ボニービー？　どういう意味なの？」

「ないしょ」

「何よお、もう、ずるいんだから。でも詳しいんだね、どこでそんなこと覚えるの？」

「西部劇だよ。ほとんど観てるからね。マカロニウエスタンだったらほとんど全部観たって自信はあるよ」

「なあに、マカロニウエスタンって？」

「西部劇ってアメリカのものだろ。だけどイタリアで作られた西部劇があるんだ。セリフはイタリア語でロケはスペインでやるんだけどね。それまでのアメリカ開拓時代の話じゃなくて、ガンマンが主人公で、だいたいが復讐の話で、派手な撃ち合いやったりするんだ。それがまた、かっこよかったり、悲しかったりしてね」

「ふーん。でも人とかバンバン死ぬんでしょう」

「まあね、時代劇みたいなもんだよ。でも中には涙が出るほど悲しい話だってあるよ。『帰ってきたガンマン』なんて最高に悲しかったなあ。たしか主演がトーマス・ハンターで、あれ、でもアンソニー・ステファンじゃないし、フランコ・ネロでもないし・・・」

「晶くんって不思議な人ね」

みさきはくすくす笑いながら言った。

「俺が初めて買ったレコード、何か分かる？」

「うーんと、何だろう。ＰＰＭ？」

「残念でした、『南から来た用心棒』と『皆殺し無頼』と『続・荒野の一ドル銀貨』、それに『続・荒野の用心棒』の主題歌が四曲入ったやつだよ」

みさきはまたくすくすと笑い出した。

「そんなにおかしいか？」

「だって、すごいタイトルじゃない。皆殺しとか、無頼とか、用心棒とか」

「いい曲だよ、なんかスケールが大きくて、それでいてちょっと悲しくてね・・・エンリオ・モリコーネって人のがいいんだよ」

「ふーん」

「みさきの最初に買ったレコードは何だよ？」

「私は『サウンド・オブ・サイレンス』よ。ねえ、『卒業』観た？　あの中でダスティン・ホフマンが赤い車で走るシーンがあるでしょ。あの時に流れる『スカボロフェア』って曲が一番好きなの」

「ふーん。サイモンとガーファンクルねえ。でも『スカボロフェア』って不思議な歌だよね。君がスカボロフェアに行くのなら、でパセリ、セージ、ローズマリー、アンドタイムだろ？　植物の名前が出てくるよね。あれってなんだろね。なんかおまじないらしいんだけどよくわからないよ。元はスコットランドの民謡らしいけど反戦歌みたいな歌詞もかぶさってくるし・・・でも『卒業』の最後、花嫁さらってバスに乗るだろ、あの後どうしたんだろうね、俺はそっちの方が気になったたな」

「そう言われればそうよねえ、どうしたんだろうね・・・」

「何か不安な顔してただろう?」

風がみさきの髪の毛をさらさらと撫でてゆく。

「きっとアメリカを探しに旅するのよ、晶くんみたいにヒッチハイクしたり、バスに乗ったりしてね。そして通り過ぎる車を数えるのよ、きっと」

「それじゃ、サイモンとガーファンクルの『アメリカ』じゃないか、でもいいねそれ」

「いいでしょ。でもほんとはね、何かの本にそんなこと書いてあったんだ」

「ふーん。でもおもしろいよ。もしかしたら『アメリカ』って曲はほんとにそうかもしれないな。ポール・サイモンに手紙出して訊いてみようか」

「おもしろいね。出そっか」

そう言ったみさきの顔は驚くほど近くにあって、僕はあわてて寝っ転がった。

「ねえ、みさきの好きな人がどっかに逃げるとき、みさきはあのキャサリン・ロスのエッタみたいに一緒に付いて行ったりする？」

「うーん、それはそのとき次第じゃない。もしそのときに、私がその人をほんとうに愛していたら付いて行くかもしれないし・・・」

「でも、列車強盗して追われて逃げるんだよ、それにエッタって教師だろ。ブッチとキッドみたいなならず者とは違うじゃない？　それでも付いて行くかってことだよ」

「そうねえ・・・分かんないなあ。難しいよ、その質問」

僕とみさきはそんな話をしながら、笑ったり、寝っ転がったり、向こうの方を観光客がぞろぞろ歩いて行くのを見たりしていた。暖かな秋の午後だった。

「ねえ、いつ頃からギター弾いてるの？」

「中学の時からだよ。最初はアネキのクラシックギターでPPM弾いてたよ。それから高石友也とか岡林とかフォークルとかの曲を弾くようになってね。そうなるとクラシックギターじゃおもしろくないだろ、音が全然違うし。それでフォークギター買ってね」

「でも今はオリジナルでしょ、どうして自分で曲作ろうって思ったの？」

「うーん、そう言われてもなあ・・・江本さんて先輩がいてね、今度学園祭でベース弾いてもらうんだけど。その人がフォークのサークルみたいなのやってて、月に一度どっか場所借りてみんながそれぞれ歌うんだ。ひとりで演るのは俺ぐらいで、他の連中はみんなバンドを組んでるよ。そしてPPMとかサイモン&ガーファンクルとか五つの赤い風船の歌を歌うんだ。そいつらはコーラスをいかにきれいにハモるかとか、ギターのフレーズとかスリーフィンガーピッキング、あ、三本の指で弦を弾くんだけどね、それでどれだけ完璧にコピーするかとかに熱中しているよ。うまいよ、だから。だけどね、そいつらを見ているうちになんか違うと思ったんだよ。それだけで終わりたくなかったんだよ。だから自分で詩を書こうと思った。メロディーも自分で作ろうと思ったんだ。自分の言葉で、何を伝えるかということが大事じゃないかってね。考えてみるとディランにしろ、サイモン&ガーファンクルや五つの赤い風船にしたって自分たちの歌詞で、自分たちで曲を作って歌ってるだろう。歌ってそういうものだろう」

「学園祭で歌うの?」

「うん、友達と二人でね。それで、江本さんにベースで参加してもらうんだ」

「ねえ、晶くんの作った歌もっと聴かせてよ。ここならギター弾いても良さそうだし」

「いいけど、それなら向こうの植物園の中の方がいいよ。仲間が集まると、よくそこへ行って歌ったりするんだ」

「じゃあ、決まりね。今度は植物園ね」

時折吹いてくる風がみさきの髪の毛を吹き飛ばすと、そこに突然現れたみさきの耳ははっとするほど透き通っていた。それは何かみさきの秘密のようでもあり、何かまるで別の生き物のようでもあり、見ていいものなのか、見てはいけないものなのか、とにかく僕の心臓はドクドクと音をたてていた。

――ララ　ララ　ララ　ララ　ララ

僕が恋をした時　貴方はうれしそう
僕が恋をした時　とても悲しそう
僕は緑の風のような
君を待っている
さわやかな　君に恋してる
空は青く　花は咲き乱れ
恋は空に　・・・

――「恋は風に乗って」五つの赤い風船

コンサート

「カンちゃん、コンサートやろうよ。福祉会館の上のホールで」

土曜日の夕方、カンちゃんはカウンターの上で、ネルのドリップに山盛りになったコーヒーに少しずつお湯をかけていた。

「福祉会館ってこの前浅川マキのコンサートやったとこか？　いいけど金なんかないぞ」

「知ってる？　あそこはね、三時間で四五〇〇円で借りられるんだよ。一人一〇〇円で五〇人も来ればお釣りが来るよ」

「え、五〇人？　たった？　そんなのコンサートって言えるのか？」

「それぐらいの感じがいいと思うな俺は。知り合いばっかりで、ほんわかした感じで。だいたいそこは一〇〇人も入ればいっぱいになるようなところだし、音響なんかもいらない。生の声で充分だよ」

「そうか、じゃあやるか。金も何とかなるだろう。で、誰がやるんだ？」

「俺とカンちゃんとゴローだね」

コーヒーのいい香りがしてきた。

カンちゃんはお酒が入ると必ずギターを取り出してボブ・ディランの「北国の少女」を歌った。客がいようといまいと関係なしに、目をつぶって慈しむように大事に大事にだ。歌うことに飢えているようだった。彼がシャッターの降りたデパートの前に座り込んで歌っているのを見つけると、僕はいつも近寄って、サクラになって聴いていた。カールした髪は肩ほどまであり、口ヒゲと顎ヒゲが繋がっていて、岡林信康がイエス・キリストなら、カンちゃんはジーザス・クライストだった。カンちゃんは部族ではなく、学生でもなかった。一度は大阪の会社に勤めたらしいが、なぜか熊本に帰って来て今は「たんぽぽ」のカウンターの中でキリに替わってピラフを作っている。キリは旅にでも出たのだろうか、あまり顔を見なくなっていた。


月曜日、母にお金を借りて、学校の帰りに福祉会館に行った。空いている日を調べるとちょうど二週間後の土曜日の四時から空いていた。

「カンちゃん、予約したよ。再来週の土曜日四時から」

福祉会館を出るとすぐに「たんぽぽ」に電話をした。ゴローにはそのうちに伝わるだろう。あとは、チケットとポスターだ。

火曜日の放課後、新聞部へ顔を出すと、美子と土屋がいた。

「美子、色紙で厚手の紙ないか？　一〇枚ぐらい」

「なんかあると思うけど、何に使うの？」

美子は棚の下の方を探しながら訊いてきた。

「チケット作るんだ、コンサートの」

「やるの、コンサート？」

「うん。再来週の土曜日の四時から、福祉会館でね」

「どこよ、それ？」

「水道町の電停の真ん前だよ。美子も何枚か頼むよ、チケット。土屋もな」

「白いのしかないなあ、ここには。文芸部にならあるかもよ」

文芸部に向かった。ドアを開けると、林田が机の上に華奢な足を乗せて椅子をゆらゆらさせながら本を読んでいた。

「やあ、どうしたの？　こんなとこに顔出すなんてめずらしいじゃないか」

「色紙の厚いのないか、一〇枚ぐらい？」

「Ｂ４のならあるけど、それでいいかい？」

そう言うと林田は足を降ろし、本を閉じて机の引き出しを開けた。

「おまえ何読んでるんだよ、また中国物か？」

「まあね。晶くんも読んでみなよ、今度貸してあげるから。絶対おもしろいって」

「そのベージュとピンクのやつがいいな」

「これ何に使うんだよ？」

「コンサートやるんだ。そのチケットとポスター作るんだよ。おまえも買ってくれるよな」

「いいよ、でも『三国志』は読んでみてね、絶対おもしろいから」

「分かった、分かった。じゃあ、サンキューね」

そう言って林田から紙を受け取り部室を出た。ポスターやチケットのデザインは授業中に考えてあった。コンサートのタイトルは「新しい水夫は新しい船に乗る」。チケットはハート型。そして彫刻刀で消しゴムを削って「晶」という文字を彫りだし、それをハンコにした。


水曜日の放課後、新聞部に顔を出すと美子と下級生の女の子がいた。その子はポニーテールの似合う小さな顔に、涼しげな目が印象的な子だった。背の高い美子と並ぶと、姐さんと妹分という感じだ。

「美子、ハンコ押すの手伝ってくれよ」

「もうできたの、どれどれ？」

「赤いマジックあるだろ、それでこの消しゴムの文字を塗って、乾かないうちにチケットに押すと、それでＯＫ」

「うわー、ハートなんだ」

美子と下級生が声を上げた。

「ちょっとお、分かったのかよ」

「分かってますよ」

「じゃあ頼んだよ、八〇枚。俺行くから」

「え、どこ行くの？　どうすんのよ、これ？」

「熊本女学院だよ。写真部の会合にいかなきゃいけないんだ。まあ後で家にでも電話するから」


晩ご飯を済ませてから、美子に電話し、二〇分で行くからと言って、自転車で向かった。美子は家の前で腕を組んで猫背気味に立っていた。いつもの肩のところでカールした髪をうしろでまとめているせいか、目がくりくりとしている。ちょっと歩いて、川沿いの公園のベンチに座った。

「ありがとうな。いつも頼りになるよ。美子はご招待だな。それと妹分も」

「ふふふ。妹分ね。あの子、永井みな。可愛い子でしょう」

そう言って美子は僕の顔をのぞき込んだ。

「何だよ、ヘンなやつ」

僕は美子から受け取ったチケットの中から六枚を渡した。

「いいの？」

「あたりまえじゃないか、四枚は誰かに押しつけろよ。」

「わかった」

「それよりおまえ、水上とはどうなんだよ。最近あんまり部室にもいないじゃないか、あいつ」

「別に、どうって・・・なんか忙しいみたい、水俣病のことで・・・」

「会ってないのか?」

「会っても話なんかしないし・・・」

美子は小さくそう答えた。

「ねえ、『ディジャヴ』聴いてる?」

「ああ、あのLPはいいね」

「あの中に『Our house』って曲あるでしょう。僕は暖炉に火を着ける、君は今日買ってきた花を活ける、ずっと炎を見つめながら、一晩中君の奏でるラヴソングを聴く。生きるって辛いけど今はすべてがやさしい・・・ってね。あの歌って決して夢見てる歌じゃないよね。グラハム・ナッシュがジョニ・ミッチェルのために作ったたって言われてるけど」

「どうなんだろうね。そう言えば俺たちのきっかけってあのLPだったよな」

「そうね。あなたと水上くんが確か、ディランかなんかの話をしているときに私が割り込んでいったのよね。それであなたが『ディジャヴ』って知ってるか?って訊いたのよね」

「そうだったな、しかし美子がクロスビー・スティルス・ナッシュ・アンド・ヤングなんて知ってるとは思わなかったしな。そんなに音楽に詳しいなんてびっくりしたよ。だいたいFEN聴いてるとはな。美子の発音のいいのはそのせいか？　先生の発音より全然英語っぽいっしな」

「あの時水上くんすねてたでしょう」

「すねてた？　水上が？」

「そうよ。誰が一番好きかって訊いた時よ。あなたと私が二人ともドノバンって言ったもんだから、すねちゃってね。それで何て言ったか覚えてる？」

「確か水上のヤツ、俺はそんなふにゃふにゃしたのはキライだ。フーとかツッペリンとかジェフ・ベックとか、もっとガツンガツン来るのがいいって言ったんだよね。確かにすねてたな」

「ところで最近みさきとはどうなの？」

「うーん・・・・まああってとこかな」

「ふーん・・・・」

美子は黙りこんでしまった。

——In the chilly hours and minutes
of uncertainty I want to be
In the warm hold of your lovin' mind
To feel you all around me

And to take your hand. along the sand
Ah, but I may as well try and catch the wind
――「キャッチ・ザ・ウインド」ドノヴァン

「じゃあ、そろそろ行くよ」

そう言って立ち上がった。美子の家の前で別れ、「たんぽぽ」へ向かった。


「聞いたよ。再来週の土曜日なんだって」

水曜日の夜だというのにゴローがいた。ゴローは三年生で、僕とは違う私立の高校に通っていて、家業の自動車修理工場を継ぐつもりなのか、大学へ進もうという気はないようだった。

「四時から七時までだから、準備に三〇分として、四時半から始めて、ひとり四〇分ぐらいの持ち時間でいいかな」

「いいんじゃないか。で、客は何時から入れるんだ?」

カンちゃんは皿を拭きながら訊いてきた。客は常連の大学生が二人いるだけだった。

「四時からでいいんじゃない。どうせ知り合いばっかりだろうから。手伝ってもらおうよ。まあ、マイクのセッティングぐらいだろうけど」

「俺、四〇分ももつかなあ」

ゴローが言った。

「お前は二〇分でいいよ、その分俺が歌うさ」

「冗談じゃないよ。いいよ、あと二、三曲作るから」

そして当日の土曜日。学校からすっ飛んで帰り、ギターを持って会場に向かった。福祉会館の入口のところに赤いバンダナを頭にかぶったみさきが立っていた。

「早いじゃないか」

「もう、きのうから待ち遠しかったんだから。すごく楽しみ」

「やめてくれよ。なんか緊張するじゃないか」

事務所で手続きを済ませ、エレベーターで五階のホールへ上がっていった。エレベーターの中でみさきの手を握ると、みさきはすこし照れながら、それでも握り返してきた。みさきの頭はちょうど僕の鼻のあたりにあって、髪の毛からいい匂いがした。

ドアを開けるとカンちゃんはチューニングしながらマイクのテストをしていた。時々キーンというハウリングの音がして、その度にみさきは耳を押さえた。

「カンちゃん、マイクは要らないよ。声は十分通るから」

ゴローが照明の陰から出てきた。

「でも、マイクないとカッコつかないから、ボリューム絞って、一応はＯＮにしておく」

そう言って僕とみさきを見てにやっと笑った。

開演時間の四時半近くになり客席を覗くと、予想をはるかに超えた観客が入っていた。受付は「たんぽぽ」の常連の女子大生がやっていた。

「よう。みさきはもう来てるよ。前の方に席取ってるんじゃないか」

「あら、お早いことで」

美子と妹分は制服でやって来た。妹分はというと、相変わらずの涼しい目がキラキラしていた。

「なんか嬉しそうだね」

「ハイ。楽しみにしてたんです、風間さんの歌を聴くの」

「そうなのよ。妙にはしゃいじゃって。歌を聴く前からあなたのファンなのよ、この子」

「たんぽぽ」の連中やフォーク仲間、それにゴローや僕の高校の制服を着た女の子たちがたくさん来てくれて会場は満員だった。歌う順番はじゃんけんだ。最初がカンちゃんで僕は最後だった。


――北九州へ行くんだ　あの娘の町へ　国道三号線でクルマを拾って・・・・・

カンちゃんが歌い始めた。そして「北国の少女」。

三人ともみんなが乗れるような歌はなく、手拍子なんかもってのほかだった。しかし時間が経つにつれ、会場はなぜか盛り上がっていった。時々声がかかったり、冗談のヤジが飛ぶようになった。そこで、僕がすかさず「ウルトラマンのこども」を歌うと会場は大爆笑だった。夏のフォークキャンプで仕入れた歌だ。みさきの方を見ると、みさきは訳が分からず、首を傾げている。

「どうもありがとうございました。これに懲《こ》りずにまたやる時は来てください」

カンちゃんがそう言ってコンサートは終了した。


「みさきは帰るんだろ」

「・・・うん」

「じゃあ、そこまで行こう」

「たんぽぽ」へ向かうみんなから少し遅れて歩き出すと、みさきは僕のギターケースを持った手の袖のあたりをつまんできた。

「どうだった?」

「なんか考えちゃったな。晶くんの歌ってやっぱりさびしいよ。でも一か所間違ったでしょ」

「えー、そうだった?」

「とぼけてもダメ。それより『ウルトラマンのこども』ってあれ何なの?」

「ないしょ」

「またあ。いっつもそうなんだから」

下通りの入口でみさきと別れた。みさきは市電に乗り込み、顔をこちらに向けて窓側の席から小さく手を振った。電車が発車し、ゆっくりと通り過ぎて行く。時々ネオンが反射して見えなくなる。みさきはずっと手を振っていた。

「たんぽぽ」はコンサートの流れで人がひしめきあっていた。カンちゃんとゴローに声をかけ、店の外の廊下でお金を持ち寄った。合わせると一二〇〇〇円ほどになっていた。ヒューとカンちゃんが口を鳴らした。

「じゃあ、会場費の四五〇〇円を引いた残りを三人で分けようよ」

「いいよ、お前が全部お膳立てしたんだからお前が取るべきだよ」

「大したことはやってないって。三人でやったんだから三人で分けるべきだよ」

「いいのか」

「おお、初めてのギャラだあ」

ゴローが笑うとカンちゃんも笑った。細かいお金を数えて二五〇〇円ずつ二人に渡した。

「マスター、ウイスキーダブル」

店へ戻るなり二人が同時に叫んだ。

「晶、『ウルトラマンのこども』っておまえが作ったのか？　ありゃおもしろいな。スーパーマン子にウルトラマン子だろ、それにスパイダーマン加えろよ、もっとおもしろいぞ」

「あんたたちねえ、いやらしいよ。晶もあんなの歌っちゃだめよ」

「バカなこと言うなよ。ああいう歌こそ一般大衆の歌じゃないか」

みんなが勝手に盛り上がっている。そんな雰囲気の中で、僕はみさきがここにいればいいのに、と思っていた。いっしょに盛り上がって、いっしょに楽しめたらどんなにいいだろう。しかし矛盾するようだけど、僕はみさきを「たんぽぽ」に連れて来ようという気はなかった。何かみさきは「たんぽぽ」にはそぐわないような、今ここにいる常連の女子大生やユウのような部族の女性とは根本的に違うような気がしていたからだ。そして、みさきをそういう世界へ引き込むのが、なんとなく僕にはためらわれた。というよりも、引き込んではいけないような気がしていた。みさきは、みさきとして大事にとっておきたかったのかもしれない。しかし、一方ではキリとユウのように一緒に旅をし、一緒に歌い、一緒に心細くなれるような女の子にあこがれていたのも事実だった。その相反する気持ちをどうすればいいのか僕には分からなかった。

——I was always thinking of games that I was playing
Trying to make the best of my time
But only love can break your heart
Try to be sure right from the start
Yes, only love can break your heart
What if your world should fall apart?
——「オンリー・ラヴ・キャン・ブレイク・ユア・ハート」ニール・ヤング

冬の京都へ

十一月二五日水曜日。三島由紀夫が切腹した。その日の夕刊には現場の写真が大きく載っていて、ご丁寧に「左下に首が置いてある」と説明書きまであった。そして、いろんな人が「彼の芝居は割腹自殺により完結した」とか「三島美学に殉じた」とか言っている。もちろん「私には理解できない」と言う人もいる。どちらにしろこのニュースが衝撃的であったことは間違いなく、誰もが多かれ少なかれ何か語りたがった。学校でも「たんぽぽ」でも日頃三島なんか縁もゆかりもなさそうなヤツでさえ、「ミシマ、ミシマ」と呟いていた。僕にとっては、三島がどういう考えで、何を主張していたかということよりも、まるで武士のように切腹して死んでいったことの方が驚きだった。自分の美学を貫いて自ら死んでゆく、それがいったいどういうことなのか、全

く分からなかった。

最近有名な人が次々と亡くなる。先月はジャニス・ジョプリンが亡くなったし、九月はジミ・ヘンドリックスだった。ドラッグで死ぬミュージシャンは多い。ストーンズのブライアン・ジョーンズだってそんな噂だ。でも三島は確かに違っていた。酒とドラッグに溺れるミュージシャンとは違っていた。


新聞部を覗くとめずらしく水上がいた。

「よう、おまえ休んでいただろう。どうかしたのか?」

「いや、ちょっと大阪に行ってたんだ」

「大阪? もしかしてチッソの株主総会か?」

「ああ、ニュースでやってただろう」

「見た見た。じゃあおまえあそこにいたのか。でもあの旗いいね。カッコいいよ。黒地に『怨』の文字、それと巡礼姿。なんかジーンと来るね」

「おまえ、カッコだけ見てるのか?」

「カッコは大事だよ、何だって。カッコいいものはだいたいいのところ正しいよ」

「全くおまえの判断の基準てやつはそこに尽きるからな」

「悪いか?」

「まあ、一面では確かにそうだ」

「それより、おまえ三島の事件知ってるか?」

「当たり前だろう。でもな、みんなテレビとか新聞で言うだろう、美学がどうのこうって。まああれだけの人だからそんな風に語られるんだろうけど、単純に見れば。自分の主張が受け入れられずに、なんかカッコ悪くなって、切腹でもしないと示しがつかなくなったとも言えるだろう。制服まで作ってカッコつけてたんだからな。それが美学っていえば美学なんだろうけど、それってなんか・・・な」

「・・・そう、かなあ・・・・」

「死にたいヤツは死ねばいいさ。美学だろうとなんだろうと。問題は死にたくないのに、虫けらのように死んでいった人だよ・・・」


冬休みが近づいていた。三島事件の興奮はあっという間に収まり、誰もが忘れてしまったかのように話題にさえのぼらなくなっていた。僕と野口は学校を途中で抜け出し、映画館でビートルズの「Let it be」を観た。そしてその後「たんぽぽ」へやって来た。がらんとしたいつもの「たんぽぽ」のカウンターで、僕は再び京都へ行くことを考えていた。頭の中ではさっき観たビートルズの「Get Back」がずっと続いている。

「冬の京都ってやっぱり寒いだろうなあ?」

野口はぼんやりとコーヒーカップを眺めながら、僕の京都行きの話にやっとそう答えた。今日の野口はずっと無口で、ときどきため息をついて、その小柄な体をますます小さくしていた。

「おまえ、失恋でもしたのか？」

野口はキッと僕をにらみ付け、それからカウンターの正面の壁に架けられた額に目をやった。額には「寸龍窟」という文字が書いてある。「たんぽぽ」の内装が変わったときからあるものだ。

「マスター、これちっちゃい龍の住みか、って意味でしょ」

野口がそう言うとマスターはフンフン、という感じでうなずいた。

「一緒に行ってもいいか？」

「冬の京都は寒いぞ」

「それでもいいさ」

野口がカップに残ったコーヒーをすすりながら言った。

「おまえ、やっぱり失恋か・・・」

「うるさいよ」

「たんぽぽ」を僕に教えてくれたのは野口だった。彼の自慢は、小学校五年の時に、屋上でタバコを吸っているのが先生にバレたことと、中学二年の時はもう歯がヤニで真っ黒だったことだ。そしていつも体のどこかに「新生」を隠し持っていた。

「何で行く、ヒッチか？」

「いや、フェリーで行きたいんだ。まだ乗ったことないし」

「泊まるところは？」

「おまえ、京都に泊まりに行くつもりか？」

こうして僕と野口は冬休みに入ったその日に京都へと向かった。熊本から大分まで列車に揺られ、夕方五時出港の大阪行きのフェリーに乗り込んだ。瀬戸内海を進むフェリーは列車と同じように、まるで僕らに意地悪でもしてるかのようにゆっくりと進んだ。港の灯りが見えたので野口と階段を上り、ドアを開けて甲板に出た。いきなり身を切るような冷たい風が吹きつけてきた。

「何だ、まだ松山か。いったいいつになったら着けるんだ」

「朝だよ」

「まだ半分も来てないじゃないか。ちぇっ、こんなとこいたら凍え死ぬぞ」

野口は階段を降りて一番下の大部屋へ戻っていった。僕はホントに冷たくて海の匂いのする風に吹かれながら、みさきのことを考えていた。

朝方ようやくフェリーは大阪南港に到着した。船を降りて、待合室のベンチでしばらく横になった。まだどこに行くにしても早すぎる時間だ。

それから地下鉄に乗って難波へと向かった。電車を降りて改札を抜け地上へ出た。

「へえ、ここが『ディラン』かあ・・・昔の『たんぽぽ』と今の『たんぽぽ』を足して二で割ったようなカンジだな」

クロスビー、スティルス&ナッシュの「シカゴ」がかかっていた。君の仲間は椅子に縛り付けられ、声も出せずにいるけど、どうかシカゴに来てくれ、歌うために。そんな曲だ。もちろんシカゴなんて行ったことはないけど、ビルの立ち並ぶ難波の街並が僕にはシカゴに思えた。

「ディラン」でコーヒーを飲んだ後、夏と同じように裏手の米軍放出品の店へ行った。野口は僕と同じような米軍の戦闘服を買いたいらしく、何着も羽織ってみてはハンガーに戻している。

「みんなデカイのばっかりだよ、もうちょっと小さいのないかなあ」

「お前みたいなのは戦争には行けないんだよ」

「何だとー」

「それより野口、早く京都に行かないか」

「何言ってんだよ、今日は従兄のところに泊まることになってるじゃないか」

「まあな・・・」

その夜は野口の従兄の仕事が終わるまで喫茶店で時間をつぶし、結局従兄の寮にたどり着いたのは夜中の十二時を回っていた。従兄は、道頓堀にある大きな料理屋で見習いの板前をやっていて、僕らはその料理屋の寮に転がり込んだのだ。寮は八畳ぐらいの部屋に三人がいたので、僕らは肩身の狭い思いをしなければならなかった。

次の日京都へ向かった。京都はどんよりとしていて、小雪がちらついていた。僕らは「喫茶店」という名前の店で熱いミルクを飲みながら、ドアーズやヤードバーズやテン・イヤーズ・アフターを聴いた。それから店を出て、三条の橋のたもとで川や人や電車を眺めた。灰色の重く冷たい空気の中で、いろんなものが夏と同じように流れていた。水は控えめに音を立てながら、人は人を押しのけながら、電車は悲鳴を上げながら。それぞれの流れは決して交わることはなく、ただ自分の領域を守っているようだった。

「おい、どうするよう。寒いよ」

野口は唇に付いいたたばこの葉のかすをぷっと飛ばした。

それから僕らは市電に乗って北野白梅町へ向かった。僕は夏に知り合った京都の大学生に一応ハガキを出しておいた。しかしだからといって、その人のところに泊まれるという保証はなかったし、あまり当てにもしていなかった。通る人に住所を尋ねながらやっとアパートにたどり着いたが、案の定留守だった。

「どうするよう」

仕方なくメモをドアの間に差し込んで、市電の通りへ戻った。

「今いないからって、もうすぐ帰ってくるかもしれないだろう。とにかく、そこの店でラーメンでも食べようよ」

そう言って僕は「眠眠」という中華料理屋へ入った。野口は後から付いてきた。

「俺、大阪に戻るよ・・・」

ラーメンのどんぶりをおきながら野口が呟いた。

僕らには昨日あたりから、少しずつ食い違いが出ていた。野口は何か頼れるもの、確かなものを求めていた。例えば、今日はどことどこへ行くといった予定とか、確実に泊まれるところとかだ。野口にとって、こういうあてのない、不確かな旅は初めてだろうし、どうしようもなく不安な気持ちになるのは仕方のないことかも知れなかった。しかしだからといって僕にはどうすることもできなかった。僕はその不確かさ、不安な気持ちこそが旅だと思っていたからだ。だから野口が「どうするよう?」と言うたびに、だんだんとうっとおしくなっていたのも確かだ。そんな僕の気持ちが伝わって野口をいっそう不安にさせたのかもしれない。そうしてあらためて野口を見ると、ほんとうにさびしげで追いつめられたねずみのように悲しい顔をしていた。

僕らは大阪行きの電車に乗った。行き方がよく分からないと言う野口のためにせめて、昨日時間をつぶした喫茶店あたりまでは連れて行ってやろうと思ったんだ。

野口と別れた後、僕はさんざん迷ったあげく思い切って姉の友達の家に電話をした。夏に泊めてもらった家だ。この家のことは野口には話していなかった。野口と二人でやっかいになるわけにはいかなかったからだ。そして僕は、夏と同じようにその家の家族に囲まれ、やさしさに包まれていた。気持ちのいいお風呂、暖かな部屋、柔らかい布団。

今ごろ野口は、従兄の寮の湿ったふとんに齧《かじ》り付きながら、肩身の狭い思いをしているのだろうか。いや、もしかするとまだ喫茶店にいて、みじめに従兄の帰りを待っているかもしれない。そんなこと考えていると、自分がひどく冷たく、ずるい人間のように思えてきた。でも、僕は京都駅で寝てもよかったんだ。いや、違う。結局ひとりの方が気楽でいいから、野口がうっとおしくなったから見捨てたんだ。そんな気持ちが行ったり来たりしていた。

明くる日の昼過ぎに、京都に用があるという公一さんと一緒にその家を出た。公一さんは大学生でその家の長男である。夏に会った時にいろんな話をしていたので気遣いはいらなかった。

「京都には友達がいっぱいいるから、泊まるところはまかしておいてや」

京都に向かう電車の中で公一さんは胸を張り、ハハハと笑った。

「公一さん、イノダってコーヒー屋知ってる?」

「いや、知らんなあ、場所はどこ?」

——三条へ行かなくっちゃ
三条堺町のイノダっていうコーヒー屋にね
あの娘に逢いに
なに　好きなコーヒーを
少しばかり

——「コーヒーブルース」高田渡

イノダを出て、三条河原町まで歩き、そこで公一さんと別れることにした。

「今日はどこに泊まるんや？　俺の友達のところに泊まったらええやん」

「ええ、だいじょうぶですから・・・」

心配そうな顔をした公一さんを後にした。公一さんはこれから彼女のアパートに行くのだ。

ひとりになり、どうしようかと考えていると、ちょうど金閣寺行きのバスがやって来た。それに乗りこんだ。特に理由があった訳ではなく、なんとなく金閣寺に行きたくなっただけだ。

お金を払い中へ入った。池の周りの低い植え込みの辺りには所々に雪が残っていた。観光客の姿もなく、僕はゆっくりと池の周りを歩いた。池の水はさざ波さえたてず、小砂利を踏む音だけがいやに大きく聞こえた。まるで時間が止まったかのような金閣寺。それが今の僕にはほんとに救いだった。


四条河原町は夜遅くになってもにぎやかなクリスマスソングで溢れていた。そういえば今日はクリスマスイブだ。明かりは煌々《こうこう》と輝き、その中を寄り添いながら歩いてゆく恋人たちや、クリスマスケーキの最後の呼び込みに引き寄せられてゆくたくさんの良きパパたち、そして恋人や家族のことを思いながらなのか、急ぎ足で駅に向かう人々が見える。夏にはあれだけいた詩人やギターの引き語りの姿はどこにもなかった。今日のこの場所に彼らの居場所なんかあるはずもなかった。はしゃぎ回る光の波や、不吉な雪さえも幸福の小道具に変えてしまう終わりのないジングルベル。そんな風景を僕は京都駅行きのバスの窓からぼんやりと眺めていた。

誰もがまるでこの日しかないように、精一杯の幸せを感じようとしている。今頃「たんぽぽ」ではみんなが集まり、カンちゃんが「北国の少女」を歌い、誰かが「もっと明るい歌にしろ！」と言い、酔った勢いでゴローは、誰かに訳の分からない議論をふっかけていることだろう。野口はあれからどうしただろう。大阪で何かいい事はあっただろうか、それとも惨《みじ》めに熊本に帰っただろうか・・・

窓ガラスから冷気が伝わって来て、顔が冷たくなっているのが分かる。ほっぺたに手を当ててみさきのことを思うと、少しだけ暖かくなるような気がした。僕はどうしてこんなところにいるんだろう。何を求めてこんなさびしい思いをしているのだろう。夥《おびただ》しいネオンの間を舞う小雪が、少し大きくなったような気がする。僕は今日の夜をたったひとりで、まるで浮浪者のように京都駅の雑踏に紛れ込むんだ。

僕のちっぽけなレジスタンスなんてもう使い果たしてしまったよ。そう、ポケットいっぱいの不満や約束なんてものへのね。あらゆる嘘や冗談にしたって結局人は聞きたいことだけ聞いてあとは無視するんだ。そんな「ボクサー」という歌が今の僕にはぴったりだった。

窓の外が明るくなったり、暗くなったりするたびに、今にも泣き出しそうな顔が窓ガラスに映っては消えた。それはバスの揺れに合わせて点滅しているようだった。

萩へ

「みさきっておしゃれだよな。どこでそんな服手に入れるの？」

正月の二日では「カリガリ」も「たんぽぽ」もやってはいない。運良く開いていた上通りの本屋の二階にある喫茶店で僕とみさきはコーヒーを飲んでいた。

「この服？　これはほら、この前東京に行ったでしょ、父の学会があった時。母も一緒に行ったんだけど、その時に原宿ってところに行ったの。そこのブティックで買ったんだ。似合う？」

「ああ、似合うよ・・・」

みさきはいつもの白いズボンではなく、濃いグリーンのジャケットに芥子《からし》色のセーターを着て、ふんわりとした焦げ茶のスカートをはいていた。姉が読んでいた「アン・アン」という雑誌から抜け出てきたようで、高校生とは思えないぐらい上品で、大人っぽかった。僕はといえば、相変わらずのモスグリーンの戦闘服を着ていて、みさきとはおよそ似つかわしくない格好をしていた。これからみさきと会うときは、もう少しましな格好をしなくちゃ、そう思っていた。

「それよりどうだった？　京都」

「うん。ちょっと、まあつらい思いをした。でもそれはそれなりに楽しかったけどね」

「つらかったの？」

「少しね、でも俺・・・みさきがすごく好きになったよ」

「えっ」

「いつもみさきのこと考えてた。京都でもずっと・・・」

みさきは僕の目をじっと見ている。僕の変化を感じ取ったのだ。僕の何かを読み取ろうとしている。でも僕はそれ以上何を言っていいか分からずに、みさきの目を見返すだけだった。

「みさきはどうしてた、休みに入ってから？」

「つまんなかった・・・。ヒ・マ・で。カリガリに行ってもひとりじゃつまんないし、誰かさんは勝手にどっか行っちゃうし」

――朝がカーテンの隙間から洩れ
横たわる君を優しく包む

白い壁に光は遊び
なんて眠りは君を綺麗にするんだ

——「朝」はっぴいえんど

二月になった。もうすぐ一七歳になろうとしていた。学校にはちゃんと通ってはいたが、授業中は詩を考えたり、漫画を書いたりして時間を潰していた。放課後新聞部の部室で水上や美子と喋ったり、写真部の連中とカメラの話をしたり、暗室で写真の焼き付けをしたりするために通っていたようなものだった。だからといって写真部がおもしろい訳でもなかった。僕の撮った錆びたドラム缶やアスファルトのひび割れの写真には誰も興味を示さなかったし、それをコンテストに出そうとすると先輩から嫌みを言われた。誰もが祭りの中で笑っている子供や野球の応援風景のような写真を出品している。そんなのが入選するというのだ。写真部なんて、学校なんてどうでもよかった。

朝いつものように家を出て、しかし学校には向かわずに熊本駅へ向かった。ポケットには、千円札二枚と百円玉が何個かある。ロッカーに学生服とカバンを入れ、ズボンを履き替え、厚手のとっくりセーターを着て、それから母に電話した。

「二、三日出かけてくるから。心配しないで」

「ちょっと晶一、あんた学校はどうするのよ?」
「風邪ひいて寝込んでるとか言ってといてよ」

列車で植木という町まで行って、それから国道三号線の北行きの側に立った。南行きでもよかった。別にあてなどなく、これといった理由があるわけでもなく、僕はただ路上に身を置きたかったんだ。

二月にしては暖かく、天気も良かった。気持ちのいいドライブは少し眠たくもなる。田園地帯を走り、曲がりくねった山道を走り、僕を乗せた白いライトバンは一直線に北上した。幸運なことにライトバンは途中、福岡で荷物を降ろし、島根県の浜田へ向かうという。それで僕は萩へ行ってみようと思った。荷物下ろしを手伝ったおかげで、途中で食事にありつくことができた。

関門トンネルを抜けると、ここからは国道二号線だ。車は快調に走ってゆく。小郡で二号線と別れて九号線に入ると、すぐにのんびりとした田舎道になった。もう夕暮れで、天気はだんだんと崩れてきていた。僕は山口まで乗せていってもらうことにしていた。萩に行くには途中から九号線から別れないといけない。

山口の町は鳥取や津山と似ていた。活気が無く、夕方だというのに人の姿もあまりなかった。五〇メートルほど続いているアーケード街には、小ぎれいなパン屋や洋服屋が並んではいるけれど、店先に置かれた何台もの自転車のせいか、アカ抜けない感じがする。とりあえず僕は「純喫茶」という看板のある店へ入り、コーヒーを飲み、窓の外の通りをしばらく眺めた。買い物かごを持ったおばあさんがゆっくり歩いて行ったり、子供達が声を上げながら二、三人走っていったり、作業用のジャンパーに長靴を履いた人が自転車で通り過ぎて行くだけで、ワクワクするようなものはない。店の中も似たようなもので、ひとつ向こうの席にいる中年の男はスポーツ新聞を眺め回し、店の主人もカウンターの中でタバコを吹かしている。だけどそうやっていろんなものを眺めていると、それでも時々何かが見えるような気もする。それが何かなんて分からないけど、とにかく何かだ。

喫茶店を出て、通りをぶらぶらと歩いた。歩いているうちにいつの間にか旅館の立ち並ぶ温泉街に来ていた。あたりはすっかり暗くなり、冷たい風が吹いていた。とっくりの厚手のセーターを着てはいたが、やはりコートなしでは寒かった。広い道の向こうに店の明かりがあった。ドアを押し開くと、中はちょっと「たんぽぽ」に似た作りになっていた。そして客もいなかった。

「何か食べるものはありますか?」

「ええ。スパゲッティーかピラフなら、あー、お茶漬けも出来るけど」

四〇代ぐらいの女主人は僕をしげしげと眺めながらそう答えた。

「じゃ、お茶漬けください。それからここでちょっと時間潰していいですか?」

店の中はガスストーブが赤々と燃え、とても暖かかった。ここでしばらく時間を潰して、夜中になったら萩へ向かおうと考えていた。どうせ泊まるところもなければ、泊まる金などありはしないのだから。とにかく夜さえ越せればいいんだ。

店の常連らしい客があわただしく入ってきた。

「また雪だよ。たまんねえ。萩まで行こう思うたら峠は通行止めってよう」

「そんで酒になったわけ？」

「しょうがないやろ、足止めくっちゃあ。とりあえず熱いのくれ」

その客は僕の方をちらちら見ながら言った。

一〇時近くになった。いかに客が少ないとはいえ、あまり長く居られる場所でもなかった。僕は谷川俊太郎の「二千億光年の孤独」を閉じ、腰を上げた。店を出ると、雪が舞っていた。道路は濡れ、道路脇の茂みや塀の上はうっすらと白くなっていた。暖かい店に長くいたためか、空気の冷たさがかえって心地よくもあった。とにかくヒッチだ。そうするしかなかった。車に乗っている限り凍える心配はなく、国道なら車はいつでも走っている。

街灯の真下で手を挙げ、何台も何台もやり過ごした。ほてった体もとっくに冷え、手はもう冷たくかじかんでいた。右手と左手を交互にポケットから出して手を挙げた。見上げると街灯に照らされた雪は、まるで光りに群がる夏の虫のように舞っていた。雪はさっきより大きくなり、髪の毛やセーターにも降り積もってきた。ようやく茶色のセダンが止まってくれた。

「何やってんだあ、こんなところで。どこ、行くんだ？」

「萩へ・・・」

つい言ってしまった。

「萩ならちょっと行ったところを右だ。それよりラジオじゃ通行止め言うとったぞ」

「・・・・・・」

「萩には何しに行くんの、こんな時間に？　あんた、地元の人？」

「いえ、旅行中です」

「で、今夜は萩に泊まるんかい？」

「まだ、決めてないんです」

「あのなあ、これから捜そうたってそりゃ無理だろ。女でも居るっちゅうなら別だがな」

彼は僕の側のウインドウから身を乗り出すように僕を眺めた。

「まあ、乗れや。寒くてかなわん」

僕は雪を払って乗り込んだ。

「じゃあ、俺のとこに泊まれや。会社の寮だがな。いやか？」

気まずいような沈黙がしばらく続いた後、彼がぼそっと言った。

「いえ、とんでもないです。いいんですか」

こうして僕はその車に乗って小郡まで引き返すことになった。彼は長距離トラックの運転手で、寮は国道二号線に面したトラックのターミナルの一角にあった。ひっきりなしに通り過ぎる車の間を狙って国道を横切り、僕らは向かいにあるラーメン屋に入った。

「ほら、食えよ。腹減ってんだろ」

怖い顔のまま彼はそう言った。

再び国道を横切り、寮の部屋に入るとその人は
「オレ、明日早いからもう寝るぞ。おまえはそっちの布団使え」

そう言ってさっさと横になった。

夜中に目が覚め、横を見るとはだけたふとんの間にその人の裸の肩が見えた。ゴーっという唸りをあげて走るトラックの音は相変わらず聞こえていた。

翌朝早く、その人は僕のために萩に行くトラックを探してくれた。

「ありがとうございましたー」

名古屋へ向かうトラックに乗り込もうとするその人に向かって言うと、その人は振り返り、早く行け、とでも言うように顔の前で手を振った。それから僕も萩へ向かうトラックに乗り込んだ。

田んぼの中の道から雪の残った峠を越え、橋を渡り、学校へ向かう自転車の列を追い越し、やがて萩の町へと入っていった。バスターミナルのあたりで車を降り、近くのベンチに腰掛けて背伸びした。歩道の脇には昨日の雪の名残があり、風はなかったが、空気は冷たく、しかし新鮮な太陽が眩しいほど降り注ぐ気持ちのいい朝だった。見回すと貸し自転車屋の看板がいたるところ

にあった。きっとこの町を回るには自転車がぴったりなのだろう。僕はなんとなくこの町が好きになれそうだった。そしてこの町は、父が今の僕と同じ年の頃を過ごした町だった。立ち上がった。もうそろそろどこかの喫茶店が開店する時間だろう。

喫茶店のドアを開け、モーニングサービスのトーストとゆで卵とコーヒーのセットを注文した。そして、昨日の晩の親切な運転手のことを思いだしていた。ベニヤ板の壁に貼ってあった演歌歌手やヌードのポスター。そして胸まで巻いた晒しとその上にあった桜か何かの花びらの入れ墨。彼がどういう種類の人なのか想像も出来なかった。僕のことは結局何も訊かず、ただぶっきらぼうで顔つきだって怖かったけれど、心はきっと暖かいんだろう。世の中にはいろんな人がいる。そのことを思い知らされるようだった。

——自転車にのって　ベルを鳴らし
ちょいとそこまで　歩きたいから
——「自転車にのって」高田渡

そんな歌を口ずさみながら、風を切って走った。土塀や古い家並みの連なる石畳の道を抜け、海の見えるところまでちょいと走った。行き止まりは萩城の跡の公園だった。

海からの風は少し汗ばんだ体に心地よく、僕は海を見ながら父のことを考えていた。父もまた、こんな風に海からの風に吹かれていたのだろうか。その時父は何を思い、何を考えていたんだろうか。朝鮮にいる家族と離れてこの町の学校に通っていたと聞いたけれど、それ以上のことは知らない。父はあまり自分の青春時代を話そうとはしなかった。しかしそのことが、逆に僕にはいろんなことを語っているように思えた。戦争によって父の青春はズタズタにされた。東京の大学の演劇科に進みながら、卒業すると朝鮮に呼び戻され、そして結局は着の身着のままで朝鮮から引き揚げて来た。父は戦争にはいかなかったらしいが、父の兄は学徒動員で南方に行かされ、そこで戦死したらしい。晶一という僕の名前はその父の兄の名前なのだ。

そして父は今は田舎の中学の教師をやっている。それが父にとってよかったのか、あるいはそうならざるを得なかったのかは分からないけれど、父が何かの拍子に学生時代のことをポツリと語るときに、少なくとも僕には、父がもっと違う人生を選びたかったんじゃないか、そんな思いを押し殺して生きてきたんじゃないかという気がしていた。

その頃父は、今でもそうなのだけど、家から通うには遠すぎる町の中学に勤めていた。毎週土曜日の夕方に帰って来て、日曜日の夕方にその町の下宿先へ戻って行く。ある秋の夕方、一週間分の下着やワイシャツの入ったボストンバッグを下げ、やや上を見ながら歩いて行く父の姿を二階の窓から見ていた僕は、なぜか急に涙がボロボロと溢れ出てきた。いつものことなのに、その時どうしてそうなったのか、そしてそれが父に対する感謝の気持ちなのか、父の寂しさを思ってのことなのか、それもよく分からず、何か無性にありがたいような、それでいて悲しかったんだ。

長い時間海を見ていた。海を見て飽きるということはなかった。いや海だけではなかった。川の流れや車の流れ、町の風景や山々の連なり、夕陽や町の灯り、そして子どもや老人、若者や大人。考えてみると僕は何でも眺めていた。見ていて飽きないというのは僕のひとつの才能ではないかと思えてきた。

自転車を返し、帰路についた。とりあえず小郡まで、そして国道二号線を下る。関門トンネルを抜け、小倉のあたりで降ろされた。そしてその場所はまったくお手上げの場所だった。片側三車線の道路をひっきりなしに走り去る車は皆ものすごいスピードですっ飛ばし、道路脇に立っているのさえ怖いぐらいで、ヒッチハイカーを完全に拒んでいた。

しかしもうそんな状況にめげる僕ではなかった。僕はヒッチハイクのベテランなんだ。走っている車がだめなら止まっている車を掴まえればいい。そう思ってガソリンスタンドを探して歩き出した。そして一〇分ほど歩くと、幸運なことに長距離トラックが何台も止まっているドライブインがあった。そしてエンジンが掛かり、出発しそうなトラックに走り寄って声をかけた。

「熊本まで乗せていってください」

「だめだよ、飯塚までしか行かないよ」

運転手はめんどくさそうに言った。

「かまいません。お願いします」

そう言ってドアを開けると、運転手は、まさか乗ってくるとは思わなかったらしく、いやいやシートの上のスポーツ新聞やコーラの空き瓶をどけた。そして僕の厚かましさに腹を立てているのか、しばらくは黙りこくって運転していた。

「いつもヒッチハイクしてんの？」

やっと運転手が口を開いたのは、山道に入ったあたりだった。

「ええ、まあ」

彼は五〇歳ぐらいだろうか、坊主頭に近く、無精ヒゲは半分以上が白くなっていた。タバコをくわえ、ハンドルに手を置いたまま指先でマッチを擦って火を着け、そして煙をふーっと吐いた。

「あんたいくつ？　学校行ってないんか？」

「いや、ちょっと休みだったもんで」

「で、どっか行って来たんか？」

そこで僕は山口と萩、それに泊めてくれた入れ墨の運転手の話をした。運転手のおじさんはおもしろそうに聞き入る。それから、去年の旅行の話になると、もう「ほう」とか「すごいね」とかただ感心するばかりだった。こうやって話をすると、話はただの話で、まるで冒険談のように聞こえるのかもしれない。学校でも旅行の話を聞きたがるヤツはみなそういうふうに感心するだけだった。そして最後には「お前はいいよな」と言うんだ。みんなそんな話の中に当然含まれる厳しさやみじめさには興味がない。自分の聞きたいことだけを聞くんだ。

　それでも飯塚が近づいてくるにつれ、僕と運転手のおじさんはすっかり仲良くなっていた。そしておじさんは、前を走るトラックが熊本ナンバーだと分かると、いきなり追い越しをかけ、強引に前に出て、右手で合図を送り、そのトラックを止めてしまった。僕が唖然としていると、おじさんはひょいと車を降りていった。

「兄ちゃん、後のトラックに乗り換えだ、後は熊本行きだ」

おじさんはかなり無茶をして、僕のために熊本行きの車を捕まえてくれたのだった。

「じゃあ気を付けてなあ」

そう言っておじさんは車の窓から手を出してきた。指先はタバコのヤニで茶色っぽく、指の骨は太くごつごつしていた。握手をすると、おじさんは痛いぐらいに強く握ってきた。

「おじさんもクルマでヒッチハイクしてますね」

「ん、まあそういわれりゃそうだな、ハハハハ」

おじさんが嬉しそうに笑った。

「助かりました。ありがとうございました」

そう言って僕は後のトラックに乗り移った。

熊さんたち

「おまえ、よく無事だったな」

水上はひとしきり笑ったあと、そう言った。

「何がだよ？」

「その人がホモだったらどうしたよ、おまえ」

そう言ってまた笑い出した。美子はきょとんとしていた。

放課後の新聞部の部室。三年生はもういなくて、気軽に顔を出せるようになっていた。

「そいつは、たぶん元やくざで、堅気になって運転手やってるんだよ。きっと今でも夜桜の銀次って呼ばれてるに違いないね。小指の先はちゃんとあったか？」

「そんなの覚えてないよ」

「おまえ、出会った人はみんないい人だと思っているだろう？　少しは気をつけろよ」

「ええっ、何だよ、それ」

「いいか、人てのはなあ、その立場によっていいことも悪くなって、悪いこともいいことになるんだよ、あっけないぐらい簡単にな。みんなほんとはいい人なんだろうけど、自分の立場や利益によっちゃ悪いこともいいことにすり替えてしまうんだよ。いや、たぶんそんな意識さえなくて、自分の会社のため、家族のため、と思ってしまうんだな。水俣病やってるとな、チッソの社員が自分で水銀流したわけじゃないだろう。会社がやってたわけだよ。会社だってこんなことになるなんて思ってもみなかっただろうにな。俺たちが声あげてる側を横目で見ながら会社の門をくぐっていく社員見てると、この人たちは何を思って通り過ぎていくんだろうって思うんだよ。まったく人って悲しくなるよ・・・」

水上がいつになく熱く語る。彼にしては珍しいことだった。美子は下を向いている。

「おまえどうしたんだよ・・・」

「まあいいか、それより、岩田って知ってるか?」

「ああ、この前反戦高協に入らないかって誘われたよ」

「あれは中核だよな、確か。ん、革マルか?　まあどっちでもいい。問題は岩田を生徒会長に推すかってことなんだよ」

「本人はその気なのか?」

「まあ、やるんじゃないか。この前話したら案外その気になっていたよ」

「水上、おまえがやればいいじゃないか」

「俺は忙しいから無理だよ」

「まあ、生徒会長が中核ってのもおもしろいかもな。俺はどっちでもいいよ、生徒会長なんて誰でもいいだろう」

「じゃあおまえ、右翼みたいなやつが生徒会長になってもいいのか？」

僕の通う高校は、熊本でも歴史のある高校で一応名門とされていた。昔からのバンカラな校風はまだ残っていて、応援団の連中の中には、帽子をわざと破り、下駄を履いて登校するヤツもいた。実際そんなヤツが生徒会長にでもなると、せっかく勝ち取った髪の毛の自由は奪われ、また坊主頭に逆戻りということもあり得る。

「じゃあ、岩田にしよう。それでいいよ。みんなにも言っておくよ」


熊さんとトシとマリ。三人はリヤカーを引っ張っていきなり飲屋街の真ん中に登場した。「たんぽぽ」のあるビルの入口の横にリヤカーを寄せると、三人は疲れたような、不機嫌そうな顔で階段を上がっていった。僕はその後から「たんぽぽ」に入っていった。

熊さんは孤児院を訪ねて全国を回っていると言う。もともとは熊さんひとりだったのが、途中でマリが加わり、トシが加わり三人になったらしい。マスターと熊さんの会話からそんなことが分かった。熊さんは顔中ひげに覆われていたけれど、時々笑うと途端に人なつっこい表情になった。その顔でマスターと喋りながら焼酎のお湯割りを飲んでいる。

マリは窓際のベンチの上で両足を抱えじっと目をつぶったままだ。僕よりひとつふたつ上だろうか、ちっちゃくてやせっぽちだけど、やっぱり長くまっすぐな髪をしていた。僕はマリにどういう理由で、何が目的で旅をしているのかを訊いてみたかったけれど、疲れて眠ってるようなマリを見ると、とても言い出すことができなかった。もうひとりのトシは、キリの髪よりもずっと短かかったが、部族の匂いは確かにあった。

「島へは、いかないの？」

僕は手持ちぶさたで、退屈そうにしているトシに訊いた。

「そのうちにね。南の島は暑いだろう。暑いところは一番暑いときに行くのがいいんだよ。それにもう少し旅をしなきゃいけない」

トシはそう言って笑った。

「明日も孤児院に行くんですか？」

「そうだよ。八丁馬場ってところ。知ってる？」

「うん。うちの近くだし、なんとなく分かりますよ」

トシはそう言ったけれど、僕はほんとうのところ、彼らが孤児院を訪ねながら旅を続けているということが信じられなかった。なんとなくウソっぽい話で、彼らが孤児院にいる姿だって全く想像できなかったし、もしほんとうだとしても何か偽善的なただの自己満足のような、いかがわしささえ感じていた。

次の日に僕は、それを確かめに孤児院へ行った。三月とはいえ、どんよりと曇っていて寒い日だった。孤児院に着いたとき、彼らの姿はなく、リヤカーもなかった。なーんだあ、と思いながら一応孤児院のシスターに尋ねてみた。

「あのう、ここに熊さんっていうひげもじゃの人たち来ませんでしたか？」

「ああ、もう帰られましたよ。ついさっきまでいらっしゃったのですが」

「え、そうですか、ありがとうございました」

そう言うや僕は門を飛び出て表通りに向かって走った。左を見た、いない。右を見た。右は上り坂になっていて五〇メートル先ぐらいまでしか見えない。僕は全速力で走って坂を上った。

道は一直線で、なだらかに下っていて、道の真ん中には鈍く光る市電のレールが伸びていた。その市電の停留所の向こうにいた。通り過ぎる車の間からリヤカーに手をかけて歩いているマリとトシの後ろ姿が小さく見えた。

「熊さーん！　もう行くんですか？」

後ろから声をかけると、彼らはびっくりして振り返った。

「ああ、君か、昨日の。どうしたんだ？　そんなにハアハアして」

熊さんが言った。マリとトシはにこにこしている。

「あの、これ少ないけど、カンパです」

そう言って、ポケットからしわくちゃの千円札を取り出した。

「君は高校生だったよな。いいよ、そんなことしなくて」

トシが言った。クラクションを鳴らしながら車が走り去ってゆく。

「いいんです、カンパです」

「ありがたく頂こうよ、トシ。彼がそう言うんだから」

そう言いながら熊さんは手を差し出した。僕は、その手をしっかりと握った。

「じゃあ元気で。またどっかで」

「そうだな、君も旅をしてるそうじゃないか、マスターが話してたぞ。どっかで遭うかもな」

熊さんの人なつっこい目を見ながら、僕はほんとにまたどっかで会えるような気がしていた。

「八代《やつしろ》に行くのはこっちでいいんだよな」

「はい、まっすぐ行って、途中から左に曲がってずっと行くと国道三号線にぶつかりますから、それをまた左で、あとは三号線をずっと行けば八代です。標識が出てるからわかりますよ」

それから彼らはまるで散歩にでも出かけるように、またのんびりと歩きだした。熊さんはテントやトランクや鍋や七輪や段ボールに入った細々としたものを積んだリヤカーを引っ張り、トシとマリは後ろから付いてゆく。彼らはどこから来て、どこへ行こうとしているのか。明日もまたどこかの孤児院を訪ねるのだろうか。それは彼らにとってどんな意味があるのだろう。理由を訊くことはできなかった。でも理由なんてどうでもいい。そしてもう僕は、彼らが偽善的だとか、自己満足だとかそんなことは全く考えていなかった。リヤカーを引いて歩く彼らの旅が、決して生やさしいものではないことが分かるからだ。こういう旅もあるんだ。そしてマリのような女の子もいるんだ。マリは、何のためにこんな辛い旅に加わり、何を求めているのだろう。しかし、孤児院を訪ねて回ること自体が目的ではないはずだ。薄いセーター一枚で寒くはないのだろうか。ちっちゃいマリの後ろ姿が頼りなく、今にも吹き飛ばされそうに思えた。そう思ったとたんに、僕はまた彼らを追いかけて走って行った。

「これよかったら、持って行ってよ」

そう言いながら僕は、手に持っていたモスグリーンのジャケットをマリに押しつけた。とまどったようなマリの顔がすぐに笑顔に変わった。

「ありがとう。ほんとにいいの？」

「うん、大したものじゃないけど」

マリは嬉しそうにジャケットに袖を通した。だぶだぶで袖も長く、手は隠れてしまった。それは去年、大阪の「ディラン」の裏の放出品屋で買った米軍の戦闘服だった。そしてあらためて、さよならを言い彼らは歩き出した。

やがてその姿が小さくなり、見えなくなってしまうまで僕はずっとそこに立っていた。ほんとうにどこかで遭うことはあるのだろうか・・・

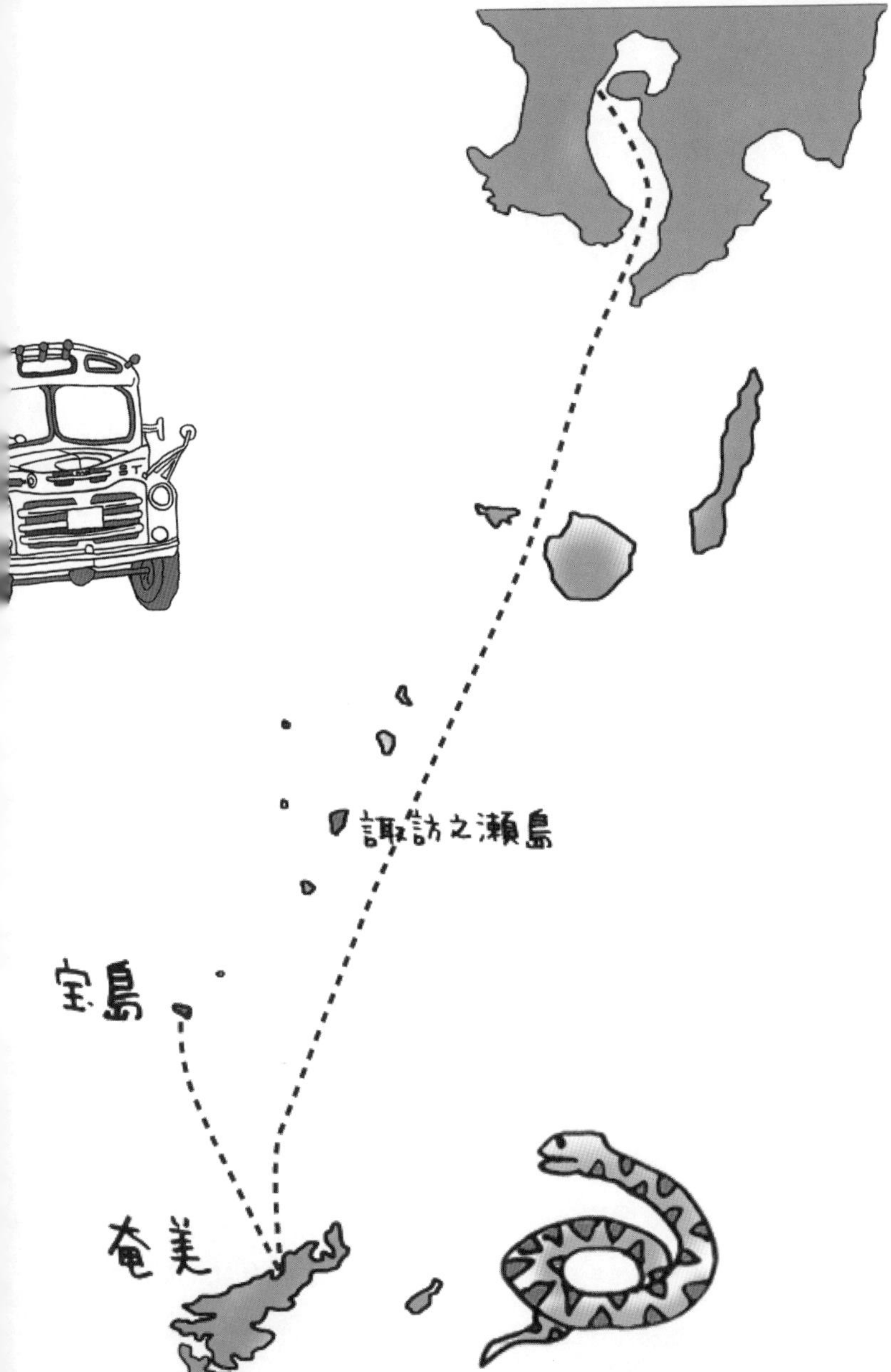
諏訪之瀬島
宝島
奄美

島へ

亮《あきら》は、いろんな意味で僕とは正反対の男だった。とりあえずはそうしておこう。親戚の家に下宿しながら真面目に学校へ通い、勉強し、もちろん成績もいい。クラブは山岳部で、山男と言うにはちょっと頼りないけど、それに似合った無骨さはある。そのせいかどうか、あるいは山男の宿命なのか、女の子に関してはほとんど天文学的な隔たりがあった。

「晶くんと亮くんって不思議な関係だよね。どこに接点があるのか、私には全然分からないわ」

美子は、僕と亮の関係についていつも首を傾げていた。しかし、僕にとって亮という存在は大きなものだった。夜中に部屋にやって来ては、僕の作った歌を聴き、そして感想を言った。

「自分の感情だけを並べても、聴いてる方にはね、伝わってこないんだよ。言葉をこねくり回してるだけじゃ意味がないよ、芯みたいなものがないとね」

亮の批評はいつも厳しく、僕の心を逆なでし、時として的はずれだったけれど、僕にはそれがありがたかった。そんな風にちゃんと向き合って意見を言ってくれるヤツなんてそうはいない。

みんなあたりさわりのないように適当に言葉を濁すだけだ。何かを突き詰めようとするとだいたいのヤツらは、さらりとかわしてゆく。まあ、そんなヤツらはどうでもいいのだけど。

三月といってもまだ寒い夜、こたつに入って、僕は新しい歌を歌い、亮はミルクティーをちびちびと飲んでいた。

「春休みにどっか行かないか、一週間ぐらい」

「そうだな、どっか行きたいね」

「島に行こうよ、宝島ってところ」

「冗談だろ、そんな島、あんの？」

「これがあるんだな。奄美大島の近くにな」

そう言って地図帳を取り出した。ホントは前に諏訪瀬島を探した時に見つけていたんだ。

「おお、あるある。ほんとだ。だけどどうやって行くんだよ、こんなとこ？」

「だいじょうぶだよ。ちゃんと船はあるよ。一週間に一回だけどな。とりあえず奄美大島まで行って、そこで十島丸っていう宝島へ行く船に乗るんだ」

「え、それじゃあ遠回りになるんじゃないか？」

「あのな、宝島へ行く船はな、十島丸って言うんだけどな、島のひとつずつに寄って行くんだよ。だから時間がかかるんだよ。それに海が荒れたりすると、収まるまで待ったりするらしいんだ。

だからまず、奄美まで一直線に行ってそこで十島丸を待つんだよ」

「ふーん・・・」

　僕らは春休みに入るとすぐに出発した。いろいろと調べた結果、明日の朝奄美に着いて、次の日に出港する十島丸に乗って宝島へ渡り、一週間後に再びやって来る十島丸で鹿児島へ帰る、というスケジュールが可能だった。

　テントと一〇日分の食料を二人で分け合って担いだ。もちろんギターも一緒だ。鹿児島まで列車で行き、夕方に奄美大島行きの船に乗り込んだ。甲板にいる乗船客に色とりどりの紙テープが配られ、僕らはそれを岸壁へ向かって投げた。「蛍の光」が流れ、見送りの人が手を振り、汽笛がボオー、ボオー、ボオーと三度鳴った。一見派手なようで、だけどなんとなくもの悲しいような出航だ。

　一番下の階の大部屋には、輪になって座っている学生服の一団や、大きな荷物にもたれかかった小さな子供に話しかけている家族連れ、ボストンバッグの中を探りながら何か相談している男女、それに、蛇皮を張った三味線を弾きながら、訳の分からない言葉で歌っているおじいさんとかがいた。壁際に毛布が重ねられていて、それは勝手に使っていいようだ。

「おい、亮、あそこの隅っこにいる三〇代ぐらいの男と女、なんかおかしくないか、あれ夫婦に見えるか？　怪しいだろう」

「そうかあ？・・・」

「あれはな、きっと夫婦になりすました公安のスパイだぞ」

「え、ウソだろう、ほんとかよ」

「目を見れば分かる。男のネクタイ見てみろよ。真ん中の辺りがキラッと光るだろう。あそこにカメラが仕込んであるぞ。気をつけろ」

「ええっ・・・バーカ、おまえの方だろ、気をつけるのは。それより歌ってるじいさんの方が危ないぞ、あの三味線には刀が仕込んであるぞ・・・」

「亮、おまえな、ホントにユーモアのセンスないなあ」


うとうとしながら、中途半端にしか眠れないまま、やっと明け方に奄美大島の名瀬港に着いた。突堤が突き出しているだけのさびしい港だった。山が迫り、建物は港の周りにへばりつくように集まっている。僕はふと、「明日に向って撃て」の中のワンシーンを思い出した。ブッチとサンダンスキッドたちがボリビアで汽車を降りたときの情景だ。目にするものは違っているけれど、何か異国の地に降り立ったような、そんな感じがした。

船を降り、とりあえずどこかに落ち着こうと、地図で砂浜のあるところを探した。そこならテントを張って眠ることもできる。一番近いところは朝仁という海岸だった。だけど、そこへ行くには山をひとつ越えなければならない。すぐ側に迫っている山だ。見上げるとずいぶんと高い。

「ちょっと高くないか？　きついぞ」

「大したことないよ、あれぐらい。一時間も歩けば着くだろうよ」

「なんだよ、一時間も山道行くのか？」

「文句を言うなよ、山道ったって半分は下りじゃないか」

亮はさっさと歩き出した。まあ山岳部だからな。仕方なく僕も荷物を背負い、後を追った。しかし、船から下りた人たちはいったいどこへ行ってしまったのだろう。辺りには港で働いている人がぽつぽつといるだけで、もちろん店などは閉まっている。

「亮、なんかさいはての島って感じがしないか？」

「まあな」

確かに、沖縄がまだ返還されていないので、この辺りが日本の最南端に近い島だった。

砂浜の入口は小さな公園になっていた。その中を通り石段を下りて、まだ草の生えている辺りにテントを張った。砂浜に向かって緑色の葉っぱが伸びていて、薄紫や黄色の小さな花がポッポッと咲いている。火を起こし、コーヒーを入れ、それでとりあえず島に来たことに乾杯した。亮はそのコーヒーをさっさと飲み終えると「俺、寝る」と言ってテントに入っていった。僕は海を見ながらゆっくりとコーヒーを飲んだ。それから火に砂をかけた。テントに入ると、亮はもう寝息をたてていた。

「明日、十島丸に乗れるかなあ・・・」

その夜、亮は小さなたき火に流木の枝を足しながらそう言った。僕は夕食の後、ずっとギターを弾いていた。亮は不安そうに暗い海の方を見ている。海からの風は少し冷たく、時々強く吹いた。空は曇っているのか、星は見えなかった。波の音と風の音と僕のギター、そして時々はぜるたき火のパチパチという音で世界は成り立っていた。

——Have you ever heard a lonely church bell ring?
Have you ever heard a crying angel sing?
From a distance, from a distance
You can hear a crying angel sing

——「孤独の世界」P.F.スローン

この歌が今いちばん好きな歌だった。二番の歌詞がとってもいいんだ。

次の日、また山越えを覚悟して荷物を背負っていると、運良く通りかかったトラックの荷台に乗せてもらって名瀬へ戻り、港へ向かった。しかし、港には昨日の夜に入港しているはずの船の姿はなかった。十島丸の待合所へ行くとそこには「欠航」と書かれた紙が貼ってあった。

「ウソだろう・・・・」

事務所の中を覗くと人がいた。亮はガラス戸を開けた。

「あのう。十島丸に乗る予定なんですが・・・」

「海が荒れてるけね。今日は入港しないっちょ」

「じゃあいつ来ますか?」

「なんとも言えんっちょ。明日かあさってか、波が高うてなあ・・・」

僕らの宝島行きは、たった一日の欠航でもろくも崩れてしまった。仮に明日十島丸が入港してすぐ出航したとして、そして一週間後に宝島を出航したとしても鹿児島に着くのに一〇日以上はかかることになる。しかも順調に行ってだ。今日のようにうまくいかない確率の方がずっと大きい。僕らは一〇日間の予定で熊本を出発した。それは十二日後には、北海道から「かもめくじら」という去年の夏のフォークキャンプで知り合った大学生が来ることになっていたし、学校でさえその二日後には始まる。すでに二日間を消費していて、やはり宝島へ渡るには時間が足りなかった。たった一日の欠航で、こんな事になるなんて、いかに僕らの計画がずさんだったかが分かる。

仕方なく僕らは宝島をあきらめ、バス乗り場へ向かった。

「おいちょっと行ってみようよ」

亮が立ち止まってそう言った。

「ハブ研究所？　おもしろくないよ、ヘビなんか。どうせビンの中とかにうじゃうじゃいるんだろう、気持ち悪いよ」

亮は行きたそうだったけれど、却下した。冗談じゃない、ヘビなんか。

バスに乗り込んだ。行き先はアヤマル岬だ。別にどこでもよかったけれど、亮は「岬がいいよ」と言った。「だって『みさき』だろう？」と。

バスの内部はへんな作りになっていた。運転席の後の床が妙に高くなっていて、その上に大きな郵便袋が幾つか置かれていた。名瀬のバスターミナルを出て二〇分ぐらいしてようやく停留所に止まった。そこは雑貨屋でもあり、食料品店でもあり、要するに何でも屋のような店の前だった。店の入り口の脇には、バナナの木が二、三本立っていて、壁には半分錆かかった「たばこ」と「塩」と「郵便」の看板があり、その下にはホウキの束が立てかけられ、ブルーのプラスチックのタライがぶらさがっていた。店の中はよく見えなかったが、缶詰や何かの入ったガラスビンや洗剤の箱のようなものが並んだ棚が少しばかり見えた。車掌は郵便袋を持って降りていき、その店の人とひとしきりしゃべった後、再び郵便袋を持ってバスに乗り込んできた。そして何か所かの停留所で同じように郵便袋を交換した。その度に一〇分ぐらいかかったが、乗客はのんびりしているのか文句ひとつ出なかった。

アヤマル岬に一番近いところでバスを降りた。そこはまたしてもボリビアだった。これこそ正真正銘のボリビアだった。

「おい、亮、これからおまえをブッチって呼ぶぞ。俺はキッドって呼んでくれ」

「ハア?」

走り去ったバスの土ボコリの後に現れたのは、枯れたような葉っぱのサトウキビ畑。その中に続く赤茶けた色の道と岬に向かう道。その向こうには蘇鉄やバナナや松の木が生い茂り、見たこともないような異様な木、のようなものだって生えていた。異様な木はまるでニワトリの足が逆さまになってそこから緑の茅が生えだしているようで、その上パイナップルのような実も付けている。それが密集して生えていると何か妖怪でも住んでいそうな気がした。もしここに、鳴きながらエサを探し回る子豚やボーっと立っているリャマでもいたなら、僕らは銀行強盗になったに違いない。異様な木の合間からは国民宿舎のりっぱな建物が見え、かろうじて僕らが文明社会から見捨てられていないということが分かった。

「うをー!　海だぞ、海!」

国民宿舎への道をしばらく登って行くと、向こうにこれまで見たこともないような海が広がった。僕は叫びを上げながら駆け出した。振り返ると亮はうなずいただけでゆっくりと登って来る。何だよ、この野郎。

そこは今までの世界とはまるで別世界だった。目の前の海はエメラルドグリーンで、サンゴ礁のところが影のように濃くなっている。波は沖のサンゴ礁の始まるところで白く砕け、その先、遠くにいくに従って海は深い紺色に変わってゆく。空は薄い雲と一体になっていて、その切れ目からは目の覚めるような鮮やかなブルーが覗いていた。水平線はまるで線を描き込んだようにくっきりと二七〇度続いている。下の方を見ると、東南アジアにでもありそうな、丸太で組んだ茅葺きの三角形の小屋が見えて、その先にもうひとつ突き出た小山があった。僕らは展望台を下って、その小屋のところまで行って荷物を下ろし、突き出た小山を登り、海の真上に出た。

「亮、俺たち、銀行強盗にならずに済んだぞ。これからは『エメラルドのさざ波族』だぞ」

「『エメラルドのさざ波族』？　なんだそりゃ」

それから僕らは最初に岬から見えた砂浜まで下りていって、そこにテントを張った。

「おい、泳ごう」

そう言って波打ち際へ走った。亮は遅れて走ってくる。海水をすくい、亮に浴びせると、まともに顔に当たったらしく、亮は真っ赤な鬼の形相となり、「ウワーッ」と叫びながらこちらへ突進してきた。僕はまともに体当たりを食らい、海中に頭から倒れ込んだ。やっとの思いで立ち上がり「ひでえなあ！」と言ってみたが、亮はすでに沖に向かって泳いでいた。

水は暖かく、澄んでいて底の方まではっきり見えた。陽射しは熱く、砂浜に寝ころぶと幸せな気分になった。

うすい茶色がかった砂浜とエメラルドグリーンの海と、キラキラと光るおだやかな波は、これまで見たどの風景とも違っていて、僕はここが南の島であることをあらためて感じていた。亮はまだ水の中にいて、何かを探しているのか、腰をかがめている。

次の日、朝食を終えた頃に麦わら帽をかぶったおじいさん（いや、もしかしておじさん？）が近づいてきた。

「あんたら、こげんなところにテント張って、ようハブにやられんかったな」

「え、ハブですか？」

「ここら辺はよう出るけ、テント張るなら、周りにクスリば撒かんといかんっちょ」

「クスリっちょ？」

それからおじいさん（？）は、足でテントの周りにぐるっと一〇センチぐらいの幅で線を引き、その線の上ににクスリを撒くこと、そしてそのクスリを売っている店の場所を教えてくれた。

「おい、俺たちもしかして危なかったのか？」

「どうもそうみたいっちょ」

「はやいとこ、クスリ買いに行くっちょ」

「そうだな、でも荷物はどうするっちょ？　まあいいかここに置いて行っても」

「いいっちょ、いいっちょ」

亮は憎らしいぐらいのんびりしている。ハブの怖さを知らないのかコイツ。

その砂浜で三日間キャンプしたあと、僕らは違う場所に移動するために名瀬へ戻ることにした。

この島ではこの岬からどこかへ行くにしても、一旦名瀬に戻り、それからどこか行きのバスに乗るしかなさそうだったからだ。

ボリビアの道まで戻ったが、バスを降りたところとはだいぶ離れているらしく、景色も違うようで、どこにもバス停らしきものはなかった。したがってバスがいつやって来るかも分からなかった。周りはさとうきび畑ばかりで、その中を赤茶色の道が十字に交差していた。一方の道に沿って狭い用水路があり、その十字路からちょっと離れたところに一軒の家があった。とりあえずそこへ向かった。

「すみません、ごめんください」

「ハイ、ハイ」

そう言って家の奥からかなり年を取ったおばあさん（確実におばあさんだ）が出てきた。

「あのう、名瀬へ行きたいんですが、バスはどこで乗ればいいんでしょうか？」

「あきゃへくさでのりっちょ、じゃんでふかすはれいんどちょ」

「・・・・・？？？」

これはニューギニアの奥地の八人だけ残った最後の種族の言葉だ。それにおばあさんの顔だって、笑っているのか怒っているのか、単にしわくちゃの顔なのか、どうにも判断がつかない。しかし、一所懸命に話すおばあさんの言葉を聞いているうちに、僕らは少しずつ理解できるようになってきた。どうやらバス停みたいな標識はなくて、さっきの十字路の辺りで待っていればいいらしい。そのバスがどこへ行くバスかは分からないが、とにかくバスさえ掴まえればなんとかなるだろう。

「まあ、まあ」

そう言っておばあさんはお盆にコップを二つとサトウキビを二本載せて持ってきてくれた。熱くて甘い麦茶、のようなものだった。やっぱりおばあさんは笑っていたのだ。僕らはお礼を言って十字路のところへ戻った。

「サトウキビかじるのって何年ぶりかなあ」

「そういや、子供の頃よく食ってたなあ、思い出すよ。下手なやつは口を切るんだよな」

亮はチューチューと吸ってはカスをペッペッと吐いたりしいている。

それから僕らは何かいないかと用水路の中を覗いてみたり、草笛を吹いたり、寝っ転がったりして時間を潰した。ハブのことはすっかり忘れていた。もしかすると草の陰から狙われていたかもしれない。

「おーい、バスが来たぞ」

亮がそう叫んだので、僕は起きあがり、急いで十字路へ戻った。手を挙げるとバスが停まった。

「名瀬へ行きたいんですが、このバスで行きますか？」

「ああ、そらー、ちょと遠回りになるが、名瀬には行くっちょ」

「行くっちょ、行くっちょ」

バスに乗り込んだ。バスには来るときと同じように郵便袋が積まれていた。

「何か俺たち、ヒッチハイクっちょ」

（亮のやつ、ヒッチハイクなんてしたこともないくせに）

それから窓の外に目をやった。赤茶色の一本道をバスはガタガタと走って行く。妖怪の木の間から海が見え隠れしていた。


名瀬へ戻り、今度はどこに行こうかと地図を広げた。

「その前に、帰りの船を確かめておこうよ」

なるほど賢明な考えだ。そうして僕らは港へ行った。運行予定表を見ると次の鹿児島行きは二日後だった。その次は五日後だ。

「五日後は無理だから、あさっての船だな」

「となると、遠いところに行けないぞ。バスはあてにならないから、どっか近場でテント張るしかないだろうなあ」

「俺、バスから見えた海岸がいいな。アヤマル岬のずっと手前の。浜がずーっと続いていたところあっただろう、あそこに行こうよ」

「じゃあ、またあの峠越えるのか？」

「島のこっち側ってなんか地味だろう、小さい浜ばっかりだし。ちょっと遠いけどバスの時間とかちゃんと確かめていけばだいじょうぶだろうよ」

そこは砂浜が延々と続いていてところどころが岩場になっていた。砂浜の向こうにはサンゴ礁が広がっていて波もおだやかだった。僕らは後が岩の崖になったところにテントを張り、周りをクスリの白い線で囲んだ。もう夕暮れだった。火を起こし、飯ごうでご飯を炊いた。

「おい、缶詰開けてくれよ。それともう米はないぞ。あとは缶詰が一缶とアベックラーメンが一袋と、ソーセージに乾燥ポテトが一袋だけだ」

「そうか、名瀬で買い込んでおけばよかったな」

「あのな、そんな金あるわけないだろう。船賃と汽車賃とっとかなきゃいけないんだぞ」

「そうかあ。ハイハイ分かりました。我慢するっちょ」

次の日、僕は海を見ながらのんびりとギターを弾いていた。亮は海に膝まで浸かっている。島へ来て何か曲ができるかと思っていたけど、全くと言っていいほど詩も曲もできなかった。

「おーい、来てみろよ。熱帯魚がいっぱいいるぞ」

亮がしつこく呼ぶので、僕はギターを置いて波打ち際まで歩いていった。するとほんとうに、小さな色とりどりの魚がそこかしこに泳いでいる。

「これ、持って帰りたいなあ」

「バカ言うなよ。どうやって捕まえるんだよ」

そう言うと、亮はテントへとって返し、ビニール袋を持ってきて、それで小さな魚を追い回した。

僕はあきれてテントのところへ戻り、またギターを弾き始めた。

しばらくして亮が顔をしかめて戻ってきた。

「どうした、おい」

「魚に刺されたっちょ、腕がしびれて痛いっちょ、俺もう死ぬっちょ」

「どれ、見せてみろっちょ」

そう言って亮の手首のところを見たが、別にこれといって変わりもなく、刺されたというところがちょっと赤くなっている程度だった。

「天罰っちょ、運命っちょ、死んだらここに埋めてやるっちょ。後の心配はいらんちょ」

それから火を起こし、お湯を沸かし、コーヒーでも飲もうと思っていると、さっきまでサンゴ礁の中を泳ぎ回っていた人が近づいてきた。

「あんたらー、どっから来たのー」

「熊本ですー」

「これ、食うか？　焼いて食うとうまいっちょ」

そう言って魚を二匹くれた。その魚は、今まで見たことのないような原色のどぎつい色をしていた。

「おい、これ熱帯魚のでかいやつじゃないか、食えるのかなあ」

その人が去って行ったのを確かめてから、田村が小声で言った。

「まあ、一応焼いてみるか」

僕はそう言って塩を取り出して魚に振りかけた。田村は長い木の枝を探してきて、魚の口から刺し、火の側に立てた。やがて表面が焦げてきたのでふーふーと息を吹きかけながら、僕らは魚にかじりついた。これが結構いけた。

「うまいなあ。久しぶりだ、こんな人間らしいもの食うのは。大根おろしがあるといいのにな」

僕がそう言うと田村はぷっと吹き出した。

食料もほとんど食べ尽くし、残っているのは乾燥ポテトとソーセージが一本だけだった。ポテトをお湯で戻し、ソーセージを切って入れ、マヨネーズを絞り出して混ぜた。

「何だよ、これじゃサラダにもならないな、キュウリが欲しいっちょ」

「おまえなあ、何様のつもりだよ、山にでも入ってバナナでも採って来いよ」

亮は昨日魚に刺されたところがまだ痛いらしく不機嫌だった。

それから僕らは海の風に吹かれながら、砂浜や岩場を越えて、波打ち際を歩いていった。亮は途中の岩場のところで貝か何かを採るのに夢中になっている。

「おーい、おまえも来て採れよおー。食料だぞー」

僕は亮の声を無視して砂浜をずっと歩いていった。みさきに何か島のものを持って帰ってやりたかったからだ。

砂浜には、外国の文字の入ったビンや、黄色や赤のペンキのはげかかった木ぎれや、海草にからまったビーチサンダルの切れっ端が打ち上げられていた。ビーナスが隠れていそうな、手のひらの二倍もあるような大きな貝殻や、透き通るようなつやつやした巻き貝を拾った。そして、何かもっと素晴らしいものが流れ着いていないかとずっと砂浜を探し歩いた。

陸の方を見ると砂浜との境目に緑色のハマユウがずっと続いて生えていて、白い花がところどころに咲いていていた。

——花びらの白い色は　恋人の色
なつかしい　白百合は　恋人の色
ふるさとのあの人の　あの人の足もとに　咲く白百合の
花びらの白い色は　恋人の色

——「白い色は恋人の色」ベッツィ&クリス

次の日名瀬に無事に戻って夕方の船に乗り込んだ。荷物を船室に置いて、甲板で出港を迎えた。もう夕暮れが近い。船の前にはバナナやサトウキビや黒砂糖などのお土産を売る人が声を上げている。やがて鹿児島を出港した時のように「蛍の光」が流れ、乗船客から紙テープが投げられ、まばらな見送りの人が手を振り、汽笛の音で桟橋を離れた。

島を離れるにつれて、夕焼けの空が広がってきた。それは真っ青な色からピンクやオレンジや金色の鮮やかな色に変わりつつあった。薄く広がった筋状の雲が何本も重なり、その手前のちぎれたような濃いグレーの雲は夕陽を映して半分ほどがオレンジ色に染まっている。それらの色の複雑な模様は刻々と表情を変えてゆく。そして島は、華やかな色彩の空とは逆に、徐々に黒い影に変わり、少しずつ小さくなってゆく。海は鏡のように白っぽく光を反射し、その一部分は金色に輝いている。その静かに広がる海を、船の後から吐き出される白い泡の航跡が切り裂いていた。それは奄美へ繋がる一本道のようでもあり、桟橋へ投げられる紙テープのようでもあった。

やがて太陽はオレンジ色に燃えながら沈んでいった。去年の夏に見た大王崎の夕陽の色とはまた違う色のような気がする。それはここが南の島だからなのか、あるいは僕の見方が変わったのか。そして今は絶対に天動説を支持するぞ、誰がなんと言おうが。陽は沈んでいくから美しいんだ。そんなことを考えていた。

水平線は徐々に暗い紺色に変わり、それでもまだ海と雲はオレンジ色ともピンクとも赤とも言えない微妙な夕暮れ色を残していた。

「コミューンってどんなんだろうな・・・」

「ん、なに、なんか言ったか?」

「・・・なんでもないよ・・・」

「なんかさみしいっちょ。もうちょっといたかったっちょ・・・」

僕らのつぶやきも風に吹き飛ばされてゆく——

——Oh, have you ever seen a star fall from the sky
From a distance it looks just like heaven's lost an eye
From a distance, from a distance looks like heaven's lost an eye
Now there's one less chance for God to see you and I
Faith, my friend, is so hard to recognize
When you're traveling all alone in the night

——「孤独の世界」P．F．スローン

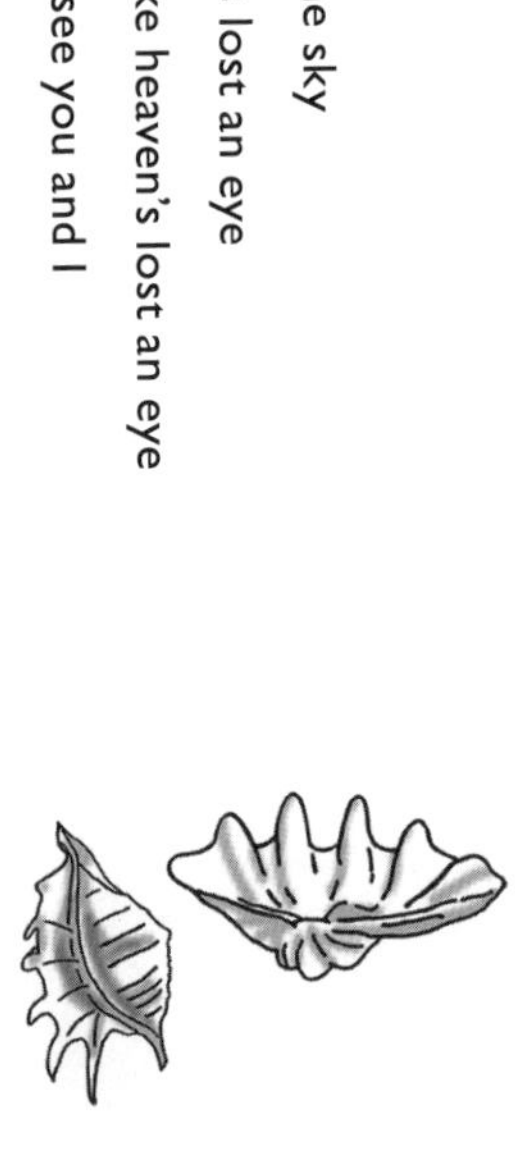

空から星が落ちて来るのを見たことがありますか？　遠くから見るとそれは天国が目をひとつ失くしたように見えるんです・・・

ビートニク

春休みが終わり、三年生になった。学校では進路によって国立理系、私立理系、国立文系、そして私立文系の四つに分けられ、科目ごとに教室を移動するようになった。僕の選んだ私立文系は、四〇人にも満たない人数で、音大や美大を目指すヤツとか、留学したいとかスチュワーデスになりたいとか、就職するというヤツのためのクラスだ。

しかしこれでやっと数学や化学や地学から解放されることになった。親には、美大に行きたいと言った。漠然とはではあったけれど、何か表現するようなことをやりたくて、それには美大が一番よさそうな気がしていたからだ。もちろん姉の影響もあった。姉の受験やその後の美大を話を聞くと、普通の大学よりもおもしろそうで、何よりも、受験勉強とデッサンを比べるとデッサンの方が、はるかにましのような気がしたからだ。それから先、美大を出てからのことなんか考えられなかったけれど、とにかく今は美大を目指すということにしておくのがいいと思っていた。そうして僕は、週二回のデッサン教室に通うことになった。

南文堂という画材屋は川沿いにある明治時代からあるような石造りの古い建物だった。川の脇には柳の木があり、店の入口には人よりも大きな焼き物の狸がでんと居座っていた。その店の奥のぎしぎし鳴る階段から二階へ上がると、三、四人がイーゼルを立てて石膏の像のデッサンをしていた。僕はどうしていいか分からずに、彼らの描くところをぼーっと眺めていた。やがてそのうちひとりが立ち上がり、僕の方へ近づいて来た。

「今日が初めて？　デッサンも？」

「ええ、まったく」

「道具は持ってんの？」

「いえ、まだ何も」

「じゃあ、下でデッサンの紙と木炭とパンを買ってくるんだ、ついでにカルトンも」

「えっ、パン？」

そう答えると、彼は笑いながら一緒に下へ降りてきてくれた。それが久本だった。

一応道具は揃い、格好だけはついたが、まだ何をしていいか分からず、ただイーゼルの前に座って久本が描くのを見ていた。一時間ほど経って、やっと先生が現れた。生徒は八人になっていた。先生は五〇歳ぐらいだろうか、グレーになった髪の毛は肩に付くぐらい長く、小さくて細い体に大きすぎるようなツイードのジャケットを着ていた。姉もこの教室に通っていたので先生の話は聞いていた。

「新人かい？」

「はい、風間です。よろしくお願いします」

そう言ったが、先生はフンフンと頷いただけで他の人のデッサンを見て回った。ひとりの女の子のイーゼルの前に座ると、先生はそこにあったパンを丸め、それで描いてあったものを全部消し、その上から新たに描き始めた。全員がその周りに集まり、先生が描くのをじっと見つめている。そういうふうに僕のデッサン教室は始まった。

デッサン教室は火曜と金曜の夜の六時から九時までで、先生はいつも八時頃やって来た。何回か通ううちにみんなにも慣れ、先生が休みの時は早めに切り上げ、久本や女の子たちとコーヒーを飲みに行ったりするようになっていた。

ある時、先生が「海老原喜之助」の弟子だったことを知った。「海老原喜之助」は、去年の夏、倉敷の美術館で観た絵の作者だった。そのことを話すと、先生は「海老原喜之助」らとピクニックに行ったときのことを話してくれた。

「湖に行ったんだよ、みんなで弁当持ってね。そして帰りの汽車の中でみんなに言うんだよ、海老原さんは。『さっきの湖を描いてみよう』ってね。ふつうみんな何となくは憶えているけど、完璧じゃないよね。必ずどっか抜けてるもんだ。だけど海老原さんは完璧だった。小さなスケッチブックにすらすら描いていくんだよ。細かいところまでね。まあ、そこが海老原さんと僕の違いだね」

そう言って懐かしそうに目を細めた。

部族の親分に違いない。ドアを開けるなり、僕はそう確信した。部族の誰よりも長い髪と顎の下を流れるひげはところどころが白く、鋭い目はあらゆるものを見透すかのように輝いていた。そして「たんぽぽ」がいつもと全く違う異様な空間であることに気がついた。何かピーンと張りつめた空気。不気味なコーラスが流れている。きっと何か秘密の恐ろしい儀式をやっている最中だったのだ。もしかしてこれが「たんぽぽ」のほんとうの姿なのか。

全身黒ずくめの親分は入り口の近くの席、つまり部族の指定席に座り、マスターはカウンターの中ではなく親分の隣に座って、その横にはキリがいた。ユウはカウンターにいる。そして一見して部族と分かる何人かの人。「たんぽぽ」は部族に占領されていた。みんな壁際に陣取り、空いているのは親分の正面の丸太の椅子だけだった。僕は仕方なくその椅子に掛けた。そしてなるべく顔を親分の方に向けないようにしていた。レコード棚の側面には牛の写真のレコードジャケットが立ててあり、今流れている曲が「原子心母」だということが分かった。

親分とマスターは何か話し込んでいて、ときどき聞こえてくる会話から、親分は「カミオ」と呼ばれているらしかった。

「晶くん、いつもより遅いじゃない」

流子さんがコーヒーを持ってきてくれたときは正直なところほっとした。

「ああ、今デッサン教室の帰り。明日学校は休みなんだ」

ここのコーヒーはいつも火傷しそうなくらい熱い。

「晶くん。カミオだ」

マスターが唐突に言った。顔を上げるとカミオと、目が、合ってしまった。

「こ、こんにちは」

外見もそうだけど、なんともいえない存在感に圧倒されるようだ。彼はいったいどういう人なんだろう。やっぱり部族の親分なんだろうか。どうしてここにいるんだろう。旅の途中なんだろうか。

僕は恐る恐る、そう挨拶した。

「彼は若いが、けっこう旅をしているんだ」

「そうか、旅はいい。どんどん旅をした方がいい」

彼のことより自分のことが気になってきた。僕の一挙手一投足が見られているような気がする。緊張で汗ばんでくる。もう一度顔を上げると、カミオの目が穏やかになっていた。


「みんなありがとう」

そう言ってカミオは立ち上がった。店のドアを開ける時、カミオと目が合った。

「旅をしなさい」

カミオの目がそう言い残して、マスターと一緒に出ていった。

店の中が少しばかりほっとしたような和やかな雰囲気に変わった。

「すごいね。あの人」

「ボブ・ディランの『風に吹かれて』を日本で最初に聴いたのが、カミオとマスターと東京の国分寺で『東風』って店をやってる人の三人らしいんだ。カミオは詩人のギンズバーグなんかと友達だっていうから、そんな関係でディランのテープを持っていたんだと思うよ。アメリカに行ってて久しぶりに帰って来たってらしいよ」

「そうか、それでこの店「たんぽぽ」って言う訳ね。風に吹かれるタンポポなんだ。いいだろうなあ、アメリカ。サンフランシスコってほんとにみんな髪に花付けて歩いてるのかなあ」

僕は「たんぽぽ」の伝説をひとつ手に入れた。そして、ギンズバーグってどんな人なんだろうと思った。キリが立ち上がっていってレコードを替え、こっちを見てにやっと笑った。流れてきたのはスコット・マッケンジーの「花のサンフランシスコ」だった。

日曜日にみさきを誘って県立図書館へギンズバーグを捜しに行った。キリに訊くのがちょっと悔しかったからだ。カミオに会ってからは、キリが僕らと変わらない普通の人になったような気がして、僕にとって部族というものの神秘性はかなり薄れてきていた。

アレン・ギンズバーグを調べているうちに、ゲイリー・シュナイダー、ウイリアム・バロウズ、ジャック・ケルアックという名前が出てきた。そして「ビート」という言葉に出会った。みさきの名前でとりあえず四冊を借りて、それから図書館を出て、僕らは熊本城の石垣の脇のなだらかな坂道を下り「カリガリ」へ向かった。

「ビートってヒッピーの兄貴ってカンジだね。彼らはみんな黒ずくめの格好だったらしいよ」

「なんか、むずかしいことということが好きな人たちって感じがするなあ、私には。だいたい髪の毛長くないし、黒のタートルネックだし、ヒッピーとは全然違って、なんか大人ってカンジ」

「そう言えば、オードリー・ヘプバーンの映画で、オードリーがパリで夢中になる男がそんな格好していたなあ。そうか、あれもビートだったんだ」

「え、何て映画？　私もいっぱい見てるよ。オードリー・ヘプバーンの映画。素敵よね」

「確か『パリの恋人』だったかなあ。オードリーがニューヨークの本屋の店員やってて、それからモデルになってパリに行くたやつだよ」

みさきは借りてきたギンズバーグの詩集や、ジャック・ケルアックの「路上」のページをめくりながら、アイスコーヒーの氷をかき回している。僕は水の入ったグラス越しにそれを眺めていた。不思議なことに店にはマイルスやコルトレーンではなくエルトン・ジョンの「ユア・ソング」が流れている。そのことをみさきに言おうとしたけど、止めた。

（みさき、俺はあんなヤツとは違うよ）

そう呟いた。みさきには聞こえない。みさきの顔がいびつになったり、半分に別れたり、輪郭がぼやけたりした。

「この『路上』って本はヒッピーのバイブルって書いてあるわね。じゃあヒッピーってみんなこの本読んだってことなの？」

「そうなんだろうね。みんなこの本読んで旅したんだろうな」

「ヒッピーって旅するんだあ」

「そりゃそうさ」

「そう言えば晶くん、よく部族って言うけど、あれ何？　どんな人たちなの？」

「だからそのヒッピーだよ。ヒッピーって何かヘンな格好して、クスリとかシンナーとかやってるどうしようもないヤツって思ってない？　あんなのはフーテンかチンピラだよ」

「そうなの？」

「あの『卒業』でダスティン・ホフマンがいろいろ悩むだろう、いい大学を出て、プール付きの家に戻ってきて、なかなか就職しないでぶらぶらしている。このまま会社に入れば、いい給料をもらい、やがてきれいな女の子と結婚してプール付きの家に住んで、子供が出来て、子供はまたいい学校に行って、なんて絵に描いたような幸せが待っている。でもそれでいいのか？　それが果たして人間として幸せなことだろうかって悩むだろう。もっと言うなら、そんな豊かなアメリカを作ってきた大人たちが今ベトナムで戦争を続けている。死ぬのは若者ばっかり。それって何かおかしいんじゃないかと思うわけだよ。まあ『卒業』はあんなふうに終わるけど、もしあの時にダスティン・ホフマンが彼女なんか放っておいて、いや彼女と一緒でもいいんだけど、旅に出るとするだろう。そうするとヒッピーになるんだよ」

「・・・そうだったの。そんな背景があったのね、あの映画には。最初の方はどうもよく分からなかったんだ」

「つまりもう一度自然に帰って、ほんとうに豊かなものって何だろう、自由って何だろう、人間にとっての価値って何だろうって問い直すんだよ。決してモノじゃない、お金じゃない、社会的な成功じゃない、地位や名誉じゃないって思うわけだよ。だから自然のまま、髪の毛もヒゲも伸ばし放題だし、女の子も着飾ったり、お化粧なんかしない、裸足で歩いたりね。精神的なものに価値を見いだそうとするんだ。インドに行ったりカトマンズに行ったりするのもそうなんだよ。部族もそんな人たちだよ。大学やめて旅に出たり、諏訪之瀬島とか長野の山とかで畑を耕しながら共同生活して、インド哲学とか学んだりしてね」

「ふーん・・・」

「でも南の島っていいよ。諏訪之瀬島って奄美よりずっと小さい島だし、電気なんかも来てないらしいんだよ。だけどそこにいる人たちはみな優しく微笑み、いつだっておだやかで、何も欲せず、何にも執着せず、全てを分かち合い、ただ朝日とともに起きて畑を耕し、日が暮れると汗を流し、夜は瞑想に入る。そして満月の夜にはたき火の周りで酒を酌み交わし、歌い、踊る、なんてね。想像するだけで何かジーンとして来ない?」

「なんか夢の話みたい。行ってみたいの、その島に?」

「まあね、いつか行ってみたい気もする。だけど今は無理だよ。せいぜい奄美でキャンプして、コミューンのまねごとするぐらいいかな。まだまだ自信もなければ、資格もないよ」

「じゃあ晶くんもいつか部族になるの？」

「どうだろうね。でも仏教の本とかちょっと読んでるよ」

「どんなカンジ？」

「どんなって・・・でも執着を捨てるってのは分かるような気がした。前に京都駅でのこと話したことあっただろう。みさきが『浮浪者みたいに思われない』って言った時だよ。あの時のカンジってのを思い出すと、つまりそんなカンジなんだ。もうどうでもいいって投げやりじゃなくて、何にもこだわらなくなってホントに心が軽くなって自由になれるんだよ。それが執着を捨てるってことなのかなあって思ってね・・・」

「・・・そうなんだ・・・」


「ねえ、久留米の美術館に一緒に行かないか？」

僕はそう切り出した。

「久留米？　そこ遠い？」

「大牟田まで国鉄で行って、西鉄に乗り換えるから、二時間ぐらいだと思うよ」

「ちょっとした旅行よね」

「そんなあ、旅行ってほどでもないよ。ちょっと見たい絵があるんだ」

みさきは考え込んでしまった。

「行きたいけど・・・今決められない」

「なんで？」

「だって、親とかにも言わなくちゃいけないでしょう」

「・・・・・そうだよね・・・」

みさきは一人娘だった。父親は医者で、母親は生け花の先生だという。新屋敷町という住宅街にある、そんなには大きくないが、五階建ての病院がみさきの家だった。みさきは両親に大切にしかも厳しく育てられてきたはずだ。それは、みさきの上品な振る舞いや、服のセンスや、しゃべり方などから十分にうかがい知ることができた。毎週のように男友達と出かけることすら、心配をしている様子なのに、それが、美術館とはいえ、隣の県まで遠出するなんてことは、親にとっては思いも寄らぬことなのかもしれなかった。

次の日の夜に、みさきから電話がかかってきた。

「やっぱり、行けない・・・無理みたい」

恐れていた方の答えだった。

僕はどうしていいか分からなくなってきた。みさきのことは分かっているつもりだった。一歩踏み出すことを恐れ、躊躇し、悩みながらも、その先のあこがれに胸を膨らませるみさきをいつも感じていたし、それを理解し、大事にしようと思ってきたことは確かだ。しかし、今の僕はその先がどうなろうと一歩前へ進みたかった。

みさきと手を繋いで歩いたし、家まで送っていった時には暗がりの中で何度もキスをし、好きだと言った。だけどそれ以上僕らの関係が深まるには何かもっと別なものが必要だった。結局ちょっとした遠出すらできない。僕はみさきに、親にウソをついてでも一緒に行って欲しかった。しかし、みさきにはそんなことができないことも分かっていた。そしてみさきのそういうところも、僕が好きな理由のひとつでもあった。

「わかったよ」

——二人が見つけたこの恋を
離したくない　いつまでも
時計をとめて　二人の為に
素敵な恋の中で
時計をとめて　見つめていたい
瞳にうつる愛を
素敵な夢を　二人がほしい
虹とかける　その日まで
——「時計をとめて」ジャックス

僕の言い方は怒っているように聞こえたかもしれない。

（みさき、夢をみたんだ。二人で京都行きの夜行列車に乗っているんだ。そして、俺どうしていいかわからないよ、とつぶやいた。みさきは目を閉じて眠っていたけど。だから仕方なく窓の外を見たんだ。並走する国道を車が何台も走ってる。それを一台づつ数えたんだ。みんなどこへ向かって車を走らせるのだろう。窓の外は月の光が遠くの家並みや広がる畑を照らしていたよ）


「結局、あなたが収まりきらないのよ。みさきには大きすぎるのよ」

「でも俺、このままじゃ・・・」

「じゃあ、あなたみさきを連れて、ヒッチハイクして、駅で寝るの？」

「・・・いや、みさきにそんなのは似合わないよ」

「そうでしょ。みさきってほんとに汚れを知らない子なんだから。だからまあ、あなたに引かれるんだけどね。あなたはどんどん前へ行って大きくなれるけど、みさきがあなたと同じ大きさになるのには時間がかかるのよ、水上くんと私だってそんな感じ・・・」


そんなことは分かっていた。だからこうして、どうしようもなくなったんだ。みさきは僕の帰る場所だった。傷つけられ、疲れ果て、不安な夜を過ごしながらも旅を続けられるのは、みさきがいたからだ。

頭では分かっていた。だけど物足りない、何かが足りない。決定的な何かが。みさきと旅をしたい。その思いが強烈に沸き上がってきた。旅をして一緒に見たい。一緒に流れたい。一緒に匂いたい。大事にする。決してみじめな思いはさせない——

「ねえ、時間をあげたら。そして、みさきがもう少し大きくなるのを待ってやったら。みさきだって悩んでいるはずよ・・・」

美子はそう言うと立ち上がり、ひとりで帰っていった。まるで誰かの忘れ物のように、ベンチにポツンと残された僕は、美子の言葉は、ほんとうは水上に向けて言いたかったのかもしれない。そう思った。美子だって悩んでいるはずだった。水上と美子、僕とみさき。誰もが悩んでいる。

——How many roads must a man walk down
Before you call him a man ?
Yes, and how many seas must a white dove sail
Before she sleeps in the sand ?
Yes, and how many times must the cannonballs fly
Before they're forever banned ?
The answer, my friend, is blowin' in the wind
The answer is blowin' in the wind

——「風に吹かれて」ボブ・ディラン

答えは風の中に在るんだろうか。いや、答えなんてずっと昔からそこにあって、ただ風にゆらゆらしているだけのような気もする。たまに通り過ぎる風は、草や木の匂いを運んでくる。

夏はもうそこまでやって来ていた。悩む心とは別なところで次の旅のことを考えていた。誰も僕を止められない。旅のことを思うと何もかもが吹き飛んでしまう。みさきはみさきとしてもだ。

東京へ

夏休みに入るとすぐに東京へ向かった。熊本発一六時五〇分発の寝台列車「みずほ」に乗り込んだ。どうしたことか母が熊本駅まで見送りに来てくれた。みさきには昨日の夜、久しぶりに電話をして東京へ行くことを伝えた。

「旅の季節だものね。帰りに京都とか寄ってくるんでしょ」

「たぶんね」

「じゃあ、気を付けてね。帰ったらまたお話聞かせてね」

僕らはただ淡々と喋り、そして電話を切った。

東京駅には姉が迎えに来ていた。姉は世田谷区羽根木の古いアパートに住んでいる。四畳半に小さな台所の付いた部屋だ。そして次の日、姉は自分の画材道具やカルトンを僕に与え、お茶美

（御茶ノ水美術学院）へ連れて行ってくれ、そしてその足で熊本へと帰っていった。

お茶美の夏期講習は朝一〇時から午後四時までで、デッサンや平面構成の講習があった。やることは、南文堂のデッサン教室と変わらなかった。でもそれはあたりまえのことだ。他人にいくら教えてもらおうが、デッサンをやるのは自分で、うまくなるにはただ描くしかない。そうやって少しずつ分かってゆくしかないのだ。

昼休みに食パンの耳を囓りながらみんなの話すことを聞いていると、みな受験の話ばかりだった。芸大のデッサンはこういう傾向だとか、武蔵美は真っ黒になるまで線を描き込んだ方がいいとか、そんな話だ。僕はそんな中に入ってゆくことが出来ずに、ひとりで中庭の壁にもたれてぼんやりとしていた。考えてみると、みんなが受験の話をするのは当然で、むしろ僕の方がおかしかったのだ。結局、お茶美に通ったのは三日間だった。

しなければならないことなんて何もなかった。したいことが何かも分からなかった。毎日のように井の頭線に乗って渋谷や吉祥寺へ出かけ、ロック喫茶やレコード屋に行った。

夜になると、パンと野菜と卵を買って帰り、アパートの小さな台所で夕食を作った。近くの銭湯へ行き、牛乳を飲んでまたアパートに帰った。姉の部屋には扇風機もテレビもなかった。あるのは少しの本とＭＪＢのコーヒーのグリーンの空き缶にいっぱい差されたマービーマーカーと小さな冷蔵庫、それにネックの反ったクラシックギターだけだった。僕は喫茶店で書いたいくつもの詩にメロディーを付けることで夜を過ごした。

渋谷の街は、次から次へとたくさんの人が歩き去って行く。右の方へ行ったり、左の方へ行ったり、階段を上がっていったり、降りてきたりで、それはとても忙しく、あわただしく、誰もが何かに追われているかのようだった。人の流れを見るのが好きな僕でさえ目が回るようだった。

「あ、あにき、ご、五〇円貸してくれ、よう、新宿に行か、なきゃなら、ないんだ」

夜も更けてきたのでアパートへ帰ろうとしていると、長髪の男が声をかけてきた。その男はどう見ても僕より年上で、しかもドラッグでもやっているのだろう、目線が定まらず、体を小刻みに震わせていた。僕は前に京都駅や四条河原町の路上でそんな感じのヤツを何人も見ていたのだ。

「新宿だったら三〇円で行けるさ」

そう言って男に三〇円を渡した。なぜそんなことをしたのか、自分でもよく分からなかった。無視して通り過ぎてもよかったのに。もしかしたら、こんな男でも話しかけてくれたことで、僕は少しばかり救われたのかもしれない。

確かに僕はひとりぼっちだった。何百何千、いやもっとたくさんの人が通り過ぎてゆく中を、たったひとりでさまよい歩き、話す相手もなく、聞いてくれる人すらいなかった。口から出る言葉と言えば「コーヒーください」とか、「何時までですか」とかそんな言葉だけで、もしかすると東京というところはそんな言葉だけで済んでしまう街のようにも思えた。

孤独はふいにやって来る。喫茶店を出た時や、駅の改札口で切符を渡した時や、ギターを弾くのに飽きた時だ。しかしそれが度々やって来て、もう心が動揺しなくなってくると、やがて慣れ親しんだような、まるで昔からの友達のような懐かしいものに変わり、そうやって僕の体にしっかりと住み着いてしまう。しかし、それがホントに孤独というものなのか、ただ単に寂しかっただけなのかは分からないけれど、そんな気分の中で、僕にできることは詩を書くことだけだった。思うことや考えることは山のようにあった。明日はどうするか、高校を出たらどうするか、そして受験。自分は何をしたいのか、何をなすべきなのか、親とのこと、そしてみさきのこと。そうやって夜は白み、そんな毎日が続く。

みさきとはもう前のように、毎週会うということはなかった。みさきから電話がかかってくると、何となく喫茶店で会う。だけど僕らの間には、何か訳の分からない霧のようなぼんやりとしたものがたちこめていて、前のように会話は弾まなかった。僕はこれ以上何を話していいかが分からず、どう付き合っていいのかが分からなかった。それでもみさきは、つとめて明るく振る舞い、話題が途切れないように気を使う。そんなみさきを見るのがかえって辛く、別れた後、家に帰るバスの中で、僕はただ悶々とするだけだった。

美子は「待ってあげなさい」と言った。しかし、待つとはどういうことなのだろう。いつまで、そして、みさきがどうなり、僕がどうなるまで待てばいいのだろうか。現実に僕は熊本を離れ、こうしてひとりで東京にいる。たぶん卒業したら東京か京都に住むだろう。そしていつかみさきも熊本を離れ、僕のもとへやって来るというのか、その時を待てというのか。僕は急ぎすぎているのだろうか、いや、違う。急いでなんかいない。

人は変わってゆく、考えることも、感じることも。そして僕とみさきの距離は縮まるのか、開いてゆくのか。その距離が縮まらない限り、僕は永遠にみさきを待ち続けなければならない。みさきがついにやって来る時、それはみさきが劇的に変化した時か、あるいは待ち続けた僕がくたびれ果てて、変わってゆくことを止めた時だ。みさきのことを考えるといつも混乱した。頭の中には「別れ」という言葉しかないのに、それを心が受け入れられなかった。


八月になると水上がやってきた。

「おまえ夏期講習には行ってないだろう?」

「分かるか、やっぱり」

「だいたいおまえにそんなこと出来るはずがない、というより無理だよ。無理無理」

そう言って水上は僕を笑った。水上とは一緒にピンク・フロイドを見にいこうと約束していた。

「ところでいつ来たんだよ。東京には」

「おとといだよ。知り合いのところに二日いたんだ」

「水俣病の関係か?　それよりチッソの本社前に座り込むって話じゃないか」

「まあね、いろいろ難しい問題があってね。それより、どっかいこうぜ、これから。吉祥寺は近いんだろ」

水上は水俣病の問題を打ち切った。

「ピラフとコーヒーください」

「ピラフにマヨネーズ入れますか？」

吉祥寺の「ぐぁらん堂」ではいつもそう聞かれたが、なるほどマヨネーズの入ったピラフは『たんぽぽ』のようりうまかった。「ぐぁらん堂」は大阪の「ディラン」のようにフォークシンガーがよく集まる店で、ちょっとしたコンサートも開かれたりしていた。

「あなた達、熊本の人でしょう」

「あ、はい、そうですけど」

僕らが喋っていると、女の人が近づいてきた。

「私も熊本なの」

彼女は、僕らの会話に時々出てくる熊本弁やイントネーションを聞きつけてそう話しかけてきたようだ。そして話しているうちに、彼女の出た中学が僕と同じだったことが分かった。僕は彼女に「たんぽぽ」の話をしたけれど、彼女は知らなかった。

「ここへは高田渡さんとかよくみえて、歌ったりするのよ」

気が付くと時計はもう十二時を回っていた。あわてて店を出て駅に向かったが、最終電車は出発した後だった。

「しようがないか。歩いていこう」

「おいおい、歩くったってどれくらいあるんだよ」

「駅一〇個ぐらいじゃないか、たぶん」

「ずいぶんとあるじゃないか」

「井の頭線って駅と駅の間が短いんだよ。隣の駅がみえるところだってあるし。大丈夫だよ、なんとかなるさ」

「おまえ道は分かってのか？」

「わからん。なるべく線路に沿って歩いていけばなんとかなるだろう」

そう言って僕は歩き始めた。水上はぶつぶつ言いながら付いて来る。

――おお、今も昔も　変わらないはずなのに　なぜ　こんなに遠い
　ほんとのことを言ってください　これが僕らの道なのか
　　　　――「これが僕らの道なのか」五つの赤い風船

歩きながら、僕らは大声で歌った。途中で水上は足にまめが出来たといって裸足になった。

「おい、気持ちいいぞ、おまえも裸足になれよ」

「バカ言うな、田舎の道とは違うんだぞ、ケガするぞ」

結局、羽根木のアパートに帰り着いたのは夜が白む頃だった。

「お前、美子とはどうなんだよ」

「どうしようもないね。もういいんだよ」

水上はめんどくさそうに頭を振った。

「終わりってことか？」

「しょうがないだろう・・・」

「おまえなあ。美子はなあ・・・」

その先の言葉が僕には見つからなかった。

「水上、もう少し美子のことも考えてやれよ。あいつ見てるとこっちが辛くなって来るんだぞ」

「・・・」

「なあ・・・」

「余計なお世話だよ、全く。俺にだって色々とあるんだ。ほっといてくれ」

水上は声を荒げてそう言った。

「ああ、分かったよ。もう何も言わないよ。最低だよ、おまえは」

次の日、水上は荷物を持って出ていった。僕は拍子抜けしたような気分で窓の外を眺めていた。

水上は僕とみさきのことを知っているはずなのに、そのことは何も言わずに出ていった。だけど今はあれこれ考えてもしようがない、なるようにしかならないんだから。

ピンク・フロイド
箱根アフロディーテ

朝早く起きて荷物をまとめた。今日はピンク・フロイドの日だ。井の頭線で下北沢へ出て、箱根行きの急行に乗り換えた。これで東京ともおさらばだ。

小雨が電車の窓に斜めにあたっている。空は遠近感のないただ白っぽい曖昧な空間で、少し眩しくもあった。川を越えてしばらく行くと、もう畑や空き地が目立つようになり、線路脇の緑が鮮やかに目に飛び込んできた。何かをやり残してきたような、すんなりと東京を離れられないような思い。しかし窓の外を眺めているうちに、そんな気持ちも薄らいでいた。雨は小田原を過ぎる頃に上がった。箱根湯本の駅前は人が溢れ、アフロディーテ行きの臨時バスの乗り場も長い列ができていた。

バスを降り、湖沿いの道から山の方に向かうぬかるんだ道を急ぎ足で登っていった。誰もがそ

んな風に急ぎ足だった。水上の姿をここまで来る間にずっと捜していたけれど、とうとう見つからなかった。

入口で「キンカン」の小瓶をもらった。これが入場証かと思ったが、そうではないようだった。当たり前だ。人が草原を埋め尽くしていた。去年のフォークジャンボリーよりもずっと多かった。この斜面になった草っ原がどれくらいの広さなのか、どれくらいの人がいるのか見当もつかなかった。上の方に大きなステージがあり、それが山ステージで、下の方にあるのは谷ステージだ。プログラムを見ると、山ステージの方はかぐや姫、トワ・エ・モア、赤い鳥、尾崎紀世彦、ダークダックスなどが前半の方に書いてあり、後半に1910フルーツガムカンパニー、ナベサダ、バフィー・セントメリー、そしてピンク・フロイドと並んでいる。

何だこれは。「箱根アフロディーテ」っていうのはこんなごちゃ混ぜのコンサートなのか。僕はピンク・フロイドを見に来たのに。他のバンドなんかはどうでもいい。だいたいピンク・フロイドとダークダックスがどこでどう繋がるのか全く訳が分からなかった。谷ステージはというと、佐藤允彦、菊池雅章らのジャズバンドや、大学生のオーケストラ、それに成毛滋&つのだひろ、モップス、ハプニングス4+1といったロックバンドが名前を連ねていた。

それで谷ステージへいってみると、大学生のバンドがジャズっぽい曲を演っていた。冗談じゃない、僕はこんなのを聴きに来たんじゃない、そう思いながらまた山ステージの方へ戻った。草の上に座るとなんとなく落ち着かなく、寝っ転がると足の方が高くなった。つまりステージとは反対の向きに寝なくてはならない。それも頭に来た。
長い間退屈だった。山ステージと谷ステージを往復しながら、成毛滋のギターやクニ河内の髭面を眺めた。それでもおもしろくなかった。
やっと1910フルーツガムカンパニーの演奏が始まった。「サイモンセッズ」だ。会場全体が一気にどよめく。やっと気分が出て来たぞ。誰もがそう思っているに違いない。そしてバフィー・セントメリーの「サークルゲーム」。この歌だ。みさきといっしょに観にいった「いちご白書」。でもあの映画は何と言ってもラストだ。「ギヴ・ピース・ア・チャンス」とみんなが歌い、床を叩く中を、ひとりまたひとりと警官に殴られ、引っ張られてゆくシーンだ。館内が明るくなるとみさきの目は赤く潤んでいた。それを冷やかすと、みさきは怒ってしまったんだ・・・
バフィーは口にマウスボウをくわえ演奏した。ビヨーンビヨーンという音。マカロニウエスタンの音楽でよく使われる音だ。それから観客に手を繋ぐように言ったけれど、それに応えた人はあまりいなかった。「いちご白書」みたいにはいかなかった。

長い長いセッティングの後、司会の糸居五郎がやっと出てきた。もう夕方だった。

「レディースアンドジェントルメン、ディスイズ、ピンク・フロイド!」

そう言ったものの、またしばらくセッティングやチューニングが続いた。そしていきなり走り去るバイクの音で始まった。

オーケストラのファンファーレのような音から、ドラムが入り、ベースもギターも加わって一気に盛り上がってゆく。たぶん「原子心母」だ。やっと始まった。待ち望んでいた音がやっと聞こえてきた。ウオーッと言うどよめきが響き渡る。しかし、僕らがどれほど待ち続けていたか、彼らは分かっているのだろうか。それともわざとそうしているのか。どっちでもいい。ディスイズ、ピンク・フロイド！　そうだ、僕はこの音のためにここにいるんだ。

ふいに静かになった。バイオリンの音が悲しいメロディーを奏でる。それはやがてギターの音に引き継がれ、ゆったりと広がってゆく。近くの木が強い風に吹かれてざわざわといっている。体が冷えて寒いのか、何なのか、背筋がゾクゾクする。そして周りの山さえ震わせるようなベースの振動が体の芯まで伝わってくる。音は次第に厚みを増して体を揺さぶってくる。この広い空間に満ちて、僕のあらゆる感覚を征服し始める。ピンク・フロイドの世界にどんどん引き込まれてゆく。もう何も考えられず、目をつぶり、僕はただ音の波に身を任せるしかなかった。

曲調が変わる。キーボードがリズムを刻み、ギターのソロになった。目を開けると、雲が上の方から降りてきてステージを包み込んでいた。何かの演出だろうと思った。幻想的で、ピンク・フロイドの創り出す音が、ますます神秘的になってゆく。しかしそれは、演出ではなく、本物の雲が降りて来たのだ。

雲はステージから僕らの方にもやって来た。会場全体を包み込み、まるでスローモーションの映画のように目の前をゆっくりと流れてゆく。雲の向こうにはピンク・フロイドがぼんやりと空に浮かんでいる。デヴィッド・ギルモアの金色の髪の毛が風になびいている。リック・ライトはキーボードの向こうでむずかしい顔をしている。ステージを照らすライトがにじんでいる。あえぐような人の声、無機的な電子音、走り去る列車の音、金属の鳴る音や爆発。それらは、不安やいらだちや恐怖といったイメージを、次から次へと突きつけてくる。雲の中に漂う人は、目をつぶり、リズムに合わせ、口をぽかんと開け、こぶしを上げ、叫びながら、雲の中に隠された何かを解き明かそうとする。そして曲はあらゆる混乱を経て、やがて懐かしい安らぎに変わる。雲は霧のようでもあり、しっとりと僕の髪の毛にまとわりつき、ほっぺたをなでるように、ゆっくりと流れてゆく。だんだんと暗くなってゆく中で、周りの山々や木々は少しずつ色彩を失いながら、雲の間で見え隠れしている。見上げると上空の雲は飛ぶように流れていた。ついにギターがのろしを上げた。ドラムがロールし、シンバルが震える。ベースがうねりを増し、オーケストラが勢いづく。音は瞬く間に巨大な壁となり、こちらへ向かって押し寄せてくる。再び響いてくるどよめきでさえ蹴散らされる。そして誰もがクライマックスへと突き進んでゆく――

急に周りの人がいなくなったような気がした。この音と雲の中で、僕の意識だけがポツンとあるような気がした。これは夢だ。これは後に伝えるべき夢だ。いや伝えようとしなくても必ずや語り継がれる伝説になるだろう。そう確信しながら、僕はこの時が永遠に続いて欲しいと思っていた。そして、ひとつの音も聴き漏らすまい、この光景を、あらゆる小さなものさえ見逃すまいと思っていた。

ティーン・・・、ティーン・・・、ティーン・・・

コーラスが優しく歌いかけてくる。

「誰も地上を見せてくれない、何処なのか、何故なのか誰も知らない」

体はベースの音に共鳴してずっと震えっぱなしだ。どこか懐かしいような、それでいて広い広い空間を行き過ぎるコーラス。やがてサウンドは徐々に混沌とした世界に入ってゆく。不確かな風が吹き始める。それは真っ暗な空間に浮かぶ星の間を吹き渡る風だ。やって来ては通り過ぎてゆく。巨大な生き物が宇宙の果てで悲しく、また誘うように鳴き続ける。そうピンク・フロイドの秘密――

あたりはすっかり暗くなり、ステージだけがぼんやりと浮かび上がっている。再び優しいコーラス。雲が赤やピンクやブルーに染まりながらゆっくりと流れてゆく。色を失った雲は余韻を残しながら、やがて真っ黒な闇に吸い込まれてゆく。

ティーン・・・、ティーン・・・、ティーン・・・

僕は二千億光年の彼方でひとりぽつんと椅子にすわる。

——And no-one signs me lullabies
And no-one makes me close my eyes
And so I throw the windows wide
And call to you across the sky.

——「エコーズ」ピンク・フロイド

ティーン・・・、ティーン・・・、ティーン・・・

ティーン・・・、ティーン・・・、ティーン・・・

167 ピンク・フロイド　箱根アフロディーテ

第3回全日本フォークジャンボリー

「しょー。晶だろ」

振り返ると驚いたことに新聞部の土屋だった。

「お前、何やってんだよ。こんなとこで。水上と一緒なのか？」

「いや、水上は知らない。そう言えば水上も来るって言ってたよなあ」

「しかし、驚いたなあ。こんなところで会うとはね。で、熊本からこれ観に来たのか？」

「いやいや、北海道回ってきた帰りだよ」

「北海道？　へえー、いつから行ってたんだ？」

「夏休みに入ってすぐね。うちの親、国鉄だからこういうの安く行けるんだよ」

「じゃあ、亮に遭わなかったか、もしかして。あいつも北海道に行ってるはずだよ」

土屋の話を聞きながら、再びバスに乗って、僕たちは小田原までやって来た。

「これからどうするんだよ」

「え、また汽車に乗って帰るさ。もう行くところもないし」

「そうか、じゃあ一緒にフォークジャンボリーに行くか？　これから」

「ええっ、でもチケットとかどうするんだよ。それに俺、あんまり金ないけど・・・」

「そんなのどうにかなるさ」


椛の湖は相変わらずそこにあった。名古屋からここまで来る間の列車から見える風景や、坂下の駅も去年のままだった。しかし、会場の様子は全く違っていた。去年よりもずっと大きく、まるでコンサートホールのように三階席まであった。去年座っていた辺りはもう人がいっぱいでひしめき合っていた。僕と土屋は二段目のステージに向かって右側にスペースを確保した。入口でもらった会場案内図を見ると、メインステージの他にロックとフォークのサブステージがあり、おまけにリハーサル用とかの大きなテントまであった。

「何かアフロディーテみたいな感じだな。だいたいステージがいくつもあるってのはどういうことなんだ。かちあったらどうするんだよ」

「それより荷物はどうするんだよ、サブステージとかに行くときは。盗られても分かんないよ、ここじゃ。まったく主催者は俺たちが手ぶらで来ていると思ってんのかよ」

土屋が周りを見渡しながら言った。

「あの、ここに割り込ませてもらえませんか」

そう言ってきたのは男三人と女の子二人のグループだった。

「ああ、いいですよ」

僕らは敷いていたビニールシートを少し動かした。

「どっから来たんですか？」

と、そのグループのひとりが訊いてきた。

「九州の熊本だけど、僕は東京に行ってて、こいつは北海道からの帰りなんです」

「じゃあ、ここで待ち合わせたの？」

「いえいえ、実は昨日、箱根のアフロディーテでばったり遭って、それでここに一緒に来ようということになったんですよ」

「うわー、劇的ね。アフロディーテってピンク・フロイドのコンサートだったんでしょ、観たかったなあ。それでどんなカンジだったの？」

女の子が言った。その子は胸当ての付いただぶだぶのジーパンに黒と白の横縞のTシャツを着ていた。髪はポニーテールにしている。

「もうすごかったよ、ピンク・フロイドは。ライブはやっぱりレコードとは全然違うね。演奏している時に雲がふわーっと降りてきてね、そんな中で音が響いて来るんだよ。幻想的というか、現実の世界じゃなかったよ。ただね、その前にダークダックスとか、学生のジャズバンドとかも出るんだよ。なんかめちゃくちゃだよね」

「そうそう、それでね、メインステージじゃなかなかロックやらないんだよ。トワ・エ・モアとかかぐや姫とかで。成毛滋とか、モップスなんかみんなサブステージ」

土屋もついつい口を出す。

「大学生ですか？」

「いえ、高三です」

「なーんだ、じゃあ僕らと同じだ。年上かと思っちゃった。僕ら横浜から来たんだ』

会場を見渡すと、どこもかしこも人、人、人。そういえば、去年も人は多かったが、もっとのんびりしていたような気がする。それでも人はまだまだやって来ていた。空は抜けるように青く、陽射しは強かった。僕と土屋は傘を日除けにして横になった。


体を起こすと、さっきの女の子が横にいた。演奏はもう始まっているようだ。

「ふふふ。眠いんだ。もしかして箱根からそのまま来たの？」

「うん。夜行に乗ってね。こいつとずっと話していたからあんまり寝てないんだ」

その子は葉山さゆりという芸能人のような名前で、美子の妹分の永井みなによく似ていた。

「私ね、ほんとは去年ここに来たかったの。だけど親は許してくれないし、一緒に行く人もいなかったの。そのあと雑誌で見てすんごく悔しかったわ。でも、今年来られて幸せ」

「去年は良かったよ、確かに。俺、もう感動しっぱなしだったもん」

「じゃあ、去年も来たの、ここに。うわー、いいなあ」

「でも今年は去年とはどっか違う雰囲気だね。なんかアフロディーテみたいな感じ」

「そう？　でも私やっと来たなって感じがしてるの」

ステージでは二人組みのバンドが歌っていたが、会場全体がまだざわざわとしていて、コンサートの感じではなかった。それでも葉山さゆりは、リズムを取り、目を輝かせていた。土屋はまだ寝ているのか横になったままだ。

金延幸子が出てきた。相変わらずの高い声で「時にまかせて」を歌った。去年のフォークキャンプのときより髪が短くなったかな、と思った。それからまた、いろんな人が出てきては歌ったが、どういう訳か「帰れ！」というヤジも多かった。

やがて日が暮れてきた。横浜のグループはキャンプ用のガスコンロで何かを作っていて、いい匂いがしてきた。

「よかったら食べない」

葉山さゆりが差し出したのは、アルミのカップに入ったシチューだった。そして、直径三〇センチぐらいのまるで鏡餅のような茶色いパンを切り分けてくれた。

「これ何？」

「キャンベルのポテト&マッシュルームよ。ミルクがあるといいんだけど、でも結構いけるよ」

そう言って、赤と白の缶詰を見せてくれた。

「うまいなあ、これ。俺こんなの食ったの初めてだよ、晶、おまえあるか？」

「俺だって初めてだよ」

「しかし、横浜の子ってやっぱり違うね。しゃれてるよ、やることなすこと」

そう言いながら土屋は、ふーふーと息を吹きかけている。葉山さゆりを見ると、切り分けたパンを他のみんなに渡しながら、楽しそうに笑っている。


「ねえ、東京には何しに行ったの？」

葉山さゆりがシチューのカップを置いて言った。

「予備校の夏期講習に行ったんだ。といっても三日しか行かなかったけどね」

「どこの予備校？」

「御茶の水美術学院ってところだよ」

「じゃあ、あなた、美大受けるの？　そうかあ。私はね、毎週土曜日に新宿美術学院ってところに通っているの。知ってる？」

「ああ、聞いたことあるよ」

「で、どこ受けるの、多摩美とか武蔵美、それとも芸大？」

「まあ、どうなるか分からないけど、芸大じゃないことは確かだね」

ちょっと投げやりな言い方をした。

「あの、その缶詰だけど、どっかで見たことあるんだよね。さっきから気になっててね」

「これ？　このキャンベルのスープ？」

「うん」

葉山さゆりはにこにこしている。

「あなたが言ってるのってもしかしてアンディー・ウォーホールじゃない？　シルクスクリーンでいっぱい描いてある」

「そう、それそれ、それだよ。アンディー・ウォーホール。そうかこれがあの缶詰か」

姉のアパートにあった美術手帖に載っていたのを思い出した。葉山さゆりが輝いている。そしてますます好きになった。

「君はカンがいいね。よく分かったね」

「なによそれ、しゃれのつもり？」

ステージでは演奏が続いていた。高田渡、加川良、遠藤賢司、友部正人、ディランⅡ、よしだたくろう、そしてなぜか西岡たかしのいない五つの赤い風船。カルメンマキやブルースクリエーション、乱摩堂などのロックバンドも多かった。僕は去年のことを思い出しながら聴いていた。「命シンガーズ」の連中はどうしているだろうか、ディランⅡの大塚まさじはそう言えば「ディラン」のカウンターの中にいたような気がする。

夜は更け、冷えてきていた。見上げると、星は去年と少しも変わらず空いっぱいに輝いていた。土屋と隣のグループはサブステージの方へ行くと言って出かけていった。葉山さゆりが残ってくれるといいなと思ったけれど、そうはならなかった。ステージでは誰かが歌っている。大勢の人の中、ぽっかり空いた空間にいるのは僕ひとりだった。

目を覚ますと明るかった。横を見ると葉山さゆりが立ち上がるのが見えたので「おはよう」と声をかけようとしたが、その前に彼女はグループの男の子と、しっかり手をつないで歩いて行った。僕はおかしくなってひとりで笑った。世の中はそんなにうまくはいかないものだ。

僕とみさきもあんな風になれればどんなにいいだろう。しかしその日がいつか来るなんてとても思えなかった。それは葉山さゆりが横浜の子で、みさきが熊本の子であるということと関係あるのだろうか、そんなことを思っていた。

二日目も日が暮れようとしていた。僕と土屋はほとんど別々にサブステージとメインステージを行き来した。もともと僕らの音楽の趣味は違っていて、それにステージが四つもある。まるで大きな遊園地で乗り物を選ぶようにあわただしかった。何か落ち着かず、そのせいか去年のように感動するようなこともあまりなかった。

サブステージでよしだたくろうが演っているというので、僕と土屋は出かけていった。サブステージには人がたくさん押しかけていて何か異様な雰囲気だった。よしだたくろうは絶叫し、横の人も前の人も、周りの人たちみんなが絶叫していた、まさに。

「人間なんて　ラララララ・・・」とばかみたいにそれを繰り返している。すごい熱気だった。叫んでいないのは僕と土屋だけだ。よしだたくろうのそんな姿を見ていると、いやよしだたくろうと言うより、その状況、つまり、誰かを中心として誰も彼もが熱狂している姿に、僕は何か空しさみたいなものを感じていた。そして「岡林が・・・」とか「フォークじゃない・・・」そんな声が聞こえてきて、すっかり白けてきてしまった。

「たくろうどうだった?」

僕らが戻ると葉山さゆりがいた。

「うーん・・・」

——知らないうちに　僕は君を　思いのままにしようとしていたんだね
僕が　他人からされたくないことを　僕は　いつも君にしていたんだね
思いどおりにならなかったから　僕は　君を捨ててきてしまったのさ
分かって欲しいんだ　これでも君を僕は本気で愛しているつもりだったのだから・・・
——「愛する人へ」岡林信康

なんだこれは?　岡林信康のステージが始まった。

僕とみさきのことを歌っているのか?　僕とみさきはそんなんじゃない。そんなふうになりたく

ない・・・

いや結局そうなのかもしれない。彼はいつも僕の先を行く。僕が何かもやもやとしている時に、そのことをはっきりと歌で示している。やっぱり岡林だなあ、と思いながらもその一方では、今までとは違った感じに聞こえていたことも確かだった。

しかし、その後に出てきた三上寛はすさまじかった。

——八百屋の裏で泣いていた
子供背負った泥棒よ
キャベツひとつ盗むのに
涙はいらないぜ
本当に行くというのなら
この包丁で母さんを
刺してから行け　行くのなら
そんな日もあった

——「夢は夜ひらく」三上寛

こんな歌を歌う人もいるんだ。そして、まるでフォークシンガーとは思えない、坊主頭の労務者のような風貌の三上寛が、このフォークジャンボリーではすごく場違いなような気がした。それは姿形や、心の底から振り絞るような歌い方だけではなかった。ここに集まったほとんどの観客が、学生であれ働いている人であれ、ここに来る余裕のある人たちだ。もちろん僕や土屋を含めてだ。だから、三上寛の歌は頭では分かっても現実とはかけ離れている世界のはずだ。拍手している人たちや指笛を鳴らしたり、「オー！」と声を上げている人たちはどう思っているのだろう。葉山さゆりたち横浜のグループは、こんな歌をどう思うんだろう。横を見ると彼らは何かの話に夢中になっている。

日野皓正のトランペットの演奏があり、その後、安田南というジャズシンガーが歌い始めた。退屈だった。ジャズなんて聴きたくもなかった。すると観客の中から「帰れ！」「帰れ！」という声が起こり、やがてそれは全体に広がり、大合唱となった。そして人が何人もステージへ上がっていった。何が起こっているのかは、ここからではよく分からない。しばらく経っても演奏は始まらない。何かこんなことになりそうな予感はあったんだ。これまでにも何人もの演奏者に対して「帰れ！」という声は何度も上がっていた。土屋は横になっている。葉山さゆりたちは黙ったまま呆然とステージを見ている。

僕は寝っ転がって空を見上げた。星は今夜も輝いていた。何か違和感のようなものがある。去年のように入り込めない何か。何かが変わりつつある。それが僕自身なのか、フォークというものなのか、あるいは世の中ってものなのか、それは分からない。しかし、ピンク・フロイドを見てからなのか、ギターを弾きながら、生きてゆく辛さや、失恋や、戦争は悲惨だとか、世の中は間違ってるとか歌うことが、なんとなく小さなことのように思えてきた。何かを人に伝えようとするときに、もっとスケールの大きな伝え方もあるような気がしていた。そしてこの輝くばかりの星空の下ではピンク・フロイドの音楽はどんな風に聞こえるだろうか――

ステージでは相変わらず何かの話し合いが続いていた。

ティーン・・・、ティーン・・・、ティーン・・・

目が覚めると朝だった。太陽は昇っていて、今日もまた暑くなりそうだ。土屋はどこかに行ったらしい。隣の横浜のグループも周りの人たちもまだ寝ているようだった。水道のあるところまで行って、顔を洗った。白い泡をたてて歯を磨いてる人もいた。元の場所へ戻ると土屋は荷物をまとめていた。帰ってゆく人たちもちらほらといた。僕も荷物をまとめていると

「もう帰っちゃうの？」

葉山さゆりが起きあがって言った。

「うん。なんかもうおもしろくないしね。そろそろ引き上げるよ。君たちはどうするの？」

「そうねえ。どうするんだろう、みんな。でも新幹線は夕方のを予約してあるから、たぶんそれまでいるんじゃないかしら」

「じゃあ、これでお別れだね。シチュー、いやスープおいしかったよ」

「これから九州に帰るの？」

「土屋はそうするかもしれないけど、俺は京都へ行くんだ」

「京都？　いいなあ・・・ねえイノダって行ったことある？」

「あるよ。どうってことない喫茶店だけどね。コーヒーがね、最初から甘いんだ」

「いいなあ。私も行きたいな・・・一緒について行っちゃったりして・・・」

「じゃあ、いっしょに行くか」

そう言って笑いかけようとすると・・・彼女は驚くほど真剣な目で、今にも泣き出しそうな顔でじっと見つめてきた。

「・・・行けるといいのにね・・・でもまたどっかで会おうよ。武蔵美とかで」

そう言うのが精いっぱいだった。そして頭の中でしっかりと彼女を抱きしめた。

「じゃあ、元気で・・・みんなにもよろしくね」

そう言って歩き出した。

　階段を下ってしばらく歩き振り返ると、葉山さゆりは大きく手を振っていた。

「いいのか？　晶はまだいればいいじゃないか」

「いや、いいよ。行こう・・・」

再びの京都

――You, you are on your own
must have a code
that you can live by
And so become yourself
because the past is just a good bye.

――「ティーチ・ユア・チルドレン」クロスビー、スティルス、ナッシュ&ヤング

「その歌ガロが歌ってたなあ」
「そうか。俺がサブステージに行ってた時かな。で、どうだった?」
「そりゃ、うまいよ。ピカイチのコピーさ。だけど所詮モノマネでしょう。あれでもプロなんだ

ろう、恥ずかしくないのかね。なんかフォークも終わりって感じだな。だんだんポピュラーソングになってゆくし。ロックやってるやつだっていつまで経ってもコピーばっかりだしな。それにピンク・フロイドなんか見るとスケールが違うって感じだもんな」

「じゃあ、『はっぴいえんど』はどう思う？」

「ありゃロックじゃないね。俺に言わせればね。ロックもどき、むしろフォークに近いね。フォークをエレキギターでやってるって感じだよ」

「でも、日本語をなんとかロックにしようってカンジで、実験的じゃないか」

「ロックっていうのはね、俺が思うに、血っていうか、ソウルっていうか魂っていうか、うまく言えないけど、そんなもんだと思う。歌詞の問題じゃないんだ、それは。何ていうかギターの音だったり、声の感じだったり、ドラムのビートだったり、つまり頭で考える事じゃなくて、身体が反応するって感じのものだと思うんだ。それがはっぴいえんどにはないんだ。詞はそれなりにおもしろいかも知れないけどメロディーや演奏はやっぱりマネじゃないか。だいたいあんな曲で乗れるか？　何かインテリがロック風にやりましたって感じがするよ。それに日本語のロックって言うけど、ジャックスは前からやってるじゃないか」

「そうだよ、コピーってのはアマチュアのやることだよな。だけど『はっぴいえんど』はなんか新しい方向って気はするけどな・・・」

　そうやって僕と土屋は坂下の駅まで歩き、そこで別れることにした。土屋には切符があり、僕の持っているお金は帰りの汽車賃ぐらいしか残っていなかった。京都で何日か過ごすためになるべくお金を取っておきたかった。土屋と握手をして別れ、僕は去年のように国道一九号線の方へ歩いて行った。


名古屋から国道一号線に入り、関ヶ原、彦根を過ぎ、琵琶湖が見えるともうすぐ大津、そして京都だ。三度車を乗り換え、南禅寺の近くまでたどり着いたのはもう夕方だった。僕は部族の人から聞いていた「賁《ふん》」という店に向かった。

「賁」は農家をそのまんま店にしたという話だったけれど、外見は普通の家のようだった。戸を開け中に入ると畳敷きで、靴を脱がなければならなかった。真ん中に古くて分厚い板の階段があり、店の人がうながすので僕は二階へ上がった。二階はふすまや障子を取り払って四つの部屋をひとつにしたような広い空間になっていた。柱や桟は相当古そうで、畳の上にはそれに合わせたような使い込まれたちゃぶ台が並んでいた。

「何にします？」　ノートを取り出そうとバッグの中を探していると、女の子が注文を取りにやって来た。顔を上げてその子を見た。

「あー、・・・」

マリだった。あのリヤカーを引いていた熊さんと一緒にいたマリだ。僕が米軍払い下げの戦闘服をあげたマリがいた。

「びっくりしたあ、こんなところで遭うなんて。元気？」

「ホントね。どうしたの、旅でもしてるの？」

「うん、まあ。東京からの帰りなんだ」

「そう言えばあの時はありがとうね。嬉しかったよ、あのジャケット」

「京都にいるんだ、今ここで働いてるの？」

「ええ。そんなとこ・・・」

あの時、街角から彼女らが消えてゆく時に、僕はほんとうにもう一度どこかで必ず会えるような気がしていた。でも、現実にこうして出会ってみると、それは何か不思議なカンジだった。もしかしたらこれは僕らの運命で、会うべくして会ったんだろうか。僕の想像は一気に膨らんだ。もしかしたら彼女といっしょに過ごせるかもしれない・・・

「それより熊さんとか元気なの？　今もリヤカーで旅してるの？」

「・・・・・何にする？」

マリは熊さんのことには答えず、目をそらし注文を訊いた。

「ああ、アイスコーヒーね」

そう言うとマリは一階へ降りていった。
・・・どうしたんだろう。何かへんなカンジ。何かあったんだろうか。もしかして熊さんたちとうまくいかずに別れてしまったんだろうか。そういう風に勝手に思ってみると、あの孤児院を回る旅はもともとマリには難しく、辛い旅だったような気がする。いろんなことがあったのだろう。マリはそのことに触れたくないようだ。だったら僕も訊かないでおこう。しばらくしてアイスコーヒーを持ってきたのは、マリではなく別の女の子だった。

店の中は冷房が効いていて心地よかった。壁にもたれかかって脚を投げ出しているうちにちょっと眠ったようだ。となりのテーブルには何か楽器のケースのようなものを持った男がいた。

「やあ。よく眠っていたね」

「ああ、すいません。眠っていましたか」

「いやいや、別にいいさ。迷惑してるわけじゃないし。俺タクト、指揮棒のタクト」

そう言って彼は指揮者のように手を振った。

「あ、はい、分かります」

「俺、京都は四日目。おもしろいね京都は。ところで君はどっから来たの、旅してんだろ?」

「あ、ええ、中津川のフォーク・ジャンボリーに行ってて、さっき着いたんですよ」

「そう。で、フォーク・ジャンボリーはどうだった?」

「ええ、まあ、あんまりおもしろくなくて・・・途中で演奏がうち切られたりして・・・」

「やっぱりそうか。そんなことだろうと思ったよ。だいたい人が大勢集まるっていうのが気持ち悪いよ。俺は嫌いなんだ、みんなが集まって何かをやらかすってのがね」

彼は流暢《りゅうちょう》な東京弁でさらさらとしゃべった。

「で、君はどこの人間なの?」

「ええ、九州の熊本です」

「熊本かあ。じゃ『たんぽぽ』って店あるだろう」

「え、『たんぽぽ』知ってるんですか?」

「まあ、行ったことはないけどさ。島へ渡るやつがよく行くそうじゃないか」

「じゃあ、タクトさん部族なんですか?」

「うーん、俺はちょっと違うかな、でも知り合いはいるよ。国分寺のやつらとか、島へ行くやつとかね。部族の考え方ってのは理解するけどさ、さっきも言ったろう、俺はみんなで何かをやるってのが好きじゃないんだ」

いったいこの人は何者なんだろう。でもなんとなく親しみを覚えた。

「じゃあ、キリとか知ってますか? カミオとか?」

「キリは知らないけど、カミオは知ってるよ、詩人で、けっこういい年の人だろ。確か諏訪之瀬島のコミューン始めた人じゃなかったっけ?」

それから、僕はタクトから京都での過ごし方を聞いた。
一、この「貢」は何時間いようと文句は言われない。お腹がすいたら玄米ご飯を食べるといい。ごま塩とバターの角切りが載っているだけだが、けっこうおいしい。昼の十二時から夜の二時までが営業時間。

二、銀閣寺の近くの「ダムハウス」へ行けば夜を越せる、朝の五時までやっているから。
三、もし夜どこかでゆっくり寝たいなら、京大の熊野寮へ行けば五〇円で畳の部屋で寝ることができる。
四、明け方食料品店の前を通る時は、店の横とかに置いてあるプラスチックのケースを開けてみること。中にパンが入っていることがある。ただし、これは盗みだから、くれぐれも気を付けること。そして、ちょうだいするなら一個だけにすること。

タクトはよく喋る。僕がいちいち頷くと、彼の言葉はますます流暢になった。やっぱり部族じゃない、部族ならせめて三、四言、多くても五言で終わらなくてはいけない。タクトはたぶん二四、五歳ぐらいで、長い髪の毛を後ろでまとめ、白のふわっとしたポンチョのようなものを着ていて、白のこれまたふわっとズボンをはいていた。

「どっか行くとこあるのかい?」

「いや、別に」

「じゃあ『ダムハウス』にでも行こうか」

タクトはそう言って、半分食べ残したピラフをポケットから取り出した紙袋の中に入れた。

「どうするの、それ?」

「うん、ちょっとね」

タクトが立ち上がったので僕も一緒に店を出ることにした。時計を見ると十二時を回っていた。何時間この店にいたんだろう。夕方にやって来たはずだ。一階に降りてお金を払う時に、マリの姿を探したが見あたらなかった。店の人に訊こうかとも思ったけれど、結局それもやめた。僕に何かを訊き出すような権利などないんだ。

店を出ると犬の鳴き声がした。玄関の脇の木に子犬が繋がれていて、タクトが紙袋を破ってエサをやっていた。

「そら、おなかすいただろう、今水をやるからな」

そう言って、布の大きなバッグから水の入ったビンを取り出し、アルミのカップに注いで、子犬の前に置いた。茶色い雑種のような子犬はさかんにしっぽを振っている。

「どうしたの、この犬?」

「ヒッチの途中の静岡で拾ったのさ。草むらで鳴いていてね、パンをやったらずっと付いてくるんだ。しようがないから連れてきたんだよ」

「ふーん。名前はなんていうの?」

「ナマエ。名前ないからナマエだ」

それから僕らは、ナマエと一緒に走ったり、路地の中に迷い込んだりしながら「ダムハウス」を目指した。「ダムハウス」は銀閣寺の近くにあった。中ではレッド・ツェッペリンがガンガンかかっていた。「移民の歌」はいつ聴いても動き出したくなる。店の客は誰もしゃべってはいない。

だいたい話などできるはずもない。曲の切れ目が束の間の休息だ。しかし、こんな大きい音というのは、聴覚がマヒしてしまうのか、眠気も襲ってくる。寝ている人だっている。

タバコの煙に目が痛くなり外へ出ると、ナマエも寝ているのか店の脇の暗がりでうずくまっていた。しばらくするとパトカーがやって来て、警官が下りてきた。ナマエの耳がピンと立った。警官は、僕らをちらっと見て店の中へ入っていった。何事だろうと中を覗くと、音量は下げられていて、マスターが相手をしていた。

「どうですか、ビールでも？」

「いや、勤務中だから、結構。じゃあ、分かっているね、面倒は起こさんようにな」

警官が店を出てゆくと、マスターは何事もなかったようにまたボリュームを上げた。

ノートに詩を書くのにも飽きてきたころ、ふいにピンク・フロイドが流れてきた。原子心母だ。この曲が閉店の合図だと、タクトが言った。つまり朝の五時近くということだ。

それから僕とタクトとナマエは京大の熊野寮に向かった。

「今頃ならみんな寝てるだろうから、五〇円取られずに寮で寝られるんだ」

寮の一階の談話室というところがその場所だった。ナマエを表の木に繋ぎ、僕らはそうっと上がり込んだ。畳敷きの部屋には隅の方に三人が寝ていた。もちろん布団などはない。

昼過ぎに起きだし、近くの食堂でうどんを食べた。それからタクトは食パンを買い、川沿いの草の上でナマエの食事が始まった。

「犬ってパンなんか食べるんだ？」

「こいつ、パンが好きらしくてね、ご飯なんかよりも喜ぶんだよ。変わったヤツさ」

賀茂川の向こうは、今日も暑い日差しの中にビルが立ち並び、橋の上は相変わらず車や人がひしめき合っていた。

再び「貢」へ向かった。「貢」にいる限り、京都の暑さとは無縁だった。

「ところでそのケースには何が入ってんの？」

「フルートだよ」

昨日のように二階へ上がり外が見える辺りに陣取った。マリの姿はなかった。

「俺、今日東京へ帰るんだ」

「え、これから？」

「ああ、日が落ちたらね」

ニッティー・グリッティーの「ミスター・ボージャングル」が流れている。もう何度このLPを聴いたことだろう。隅から隅まで全部分かっている。

「知ってるか？　この曲ディランも歌ってるんだぜ、もっと切なくな」

「え、ディランが？」

夜の九時頃だろうか、京大の熊野寮へ行くと学生が何人かいて、しっかりと五〇円を取られた。談話室には僕と同じような旅行者がいた。

「こんにちは、どうも」

と僕が言うと、彼はちょっと頷いて、それからバッグの中からタオルを取りだした。

「久々に風呂にでも行こうかと思ってね。どう、一緒に行かない？」

彼は「マサト」と言って、僕と同じ高三だった。松江から来ていて、京都は今日で六日目だという。最初は京都駅で寝ていたが、熊野寮を知ってからはずっとそこで寝ていると言った。

「『村八分』って何か知ってる？　西部講堂のところに『村八分』ってでかでかと書かれた看板があったんだけど」

洗い場に並んで腰掛けて体を洗いながら、僕はマサトに訊いた。

「知らないの？　ぶっ飛んでるバンドだよ。ボーカルのチャー坊とギターのフジオがやたらカッコよくてね。まあ、ストーンズっぽいて言えばそうなんだけど。とにかく俺は好きだよ」

「レコードとか出てんの？」

「まさか。ナマだけだよ、見れんのは。レコード出したってどうせ放送禁止になるだろうよ」

「そうか。ところでマサトは京都で何してんの？」

「別に何もしてないよ。ただぶらぶら『ＺＩＧＺＡＧ』とか『ジュジュ』とかでロック聞いたり『捨得』でバンド観たりだな、あとは夜に四条河原町で詩集並べてるよ」

「へえー、マサトは詩人なんだ」

「そう言われるとちょっと恥ずかしいけどな。だけどもう何冊か売れたんだ。こんなものでも買ってくれる人がいるっていうのがおもしろいな」

考えてみると僕にしたってマサトと同じようなものだった。毎日ぶらぶらと歩き、鴨川の河原で寝ころんだり、南禅寺の脇の風通しのいい木陰に座っていたり、「貰」へ行ったり、「ダムハウス」へ行ったりするだけだ。人に自慢できることと言えば、近代美術館でルネ・マグリットの展覧会を見たことだろうか。ふしぎと東京にいるときのような孤独感はなかった。「貰」に行けば誰かと知り合い、熊野寮ででもマサトのようなヤッと知り合う。毎日が出会いの連続のようだった。京都には僕やマサトやタクトのような連中が、いったいどれくらいいるんだろうか。僕らのような旅行者は見ればすぐに分かった。同じ種類の人間だということがお互いに、直感的に分かるので、「やあ」とか「こんにちは」とか気軽に声をかけることができる。毎日毎日、店で、寝る場所で、そして路上でそんな連中と言葉を交わし、情報だって交換する。例えば今日は「ほんやら堂」で誰が歌うとか、どこに行って誰に会えば泊めてくれるかとか、岐阜の「ライスハウス」に三日いたとか、そんなふうに京都だけでなくいろんな町の情報だって聞けた。そして「じゃあ」と言って別れてゆく。おもしろい街だった。サンフランシスコもこんな街なんだろうか。

アイスキャンディーをくわえたまま銭湯から出た。外は相変わらずむっとして暑かったが、それでも頭を洗ったせいか気分は良くて、僕らは熊野神社の石段に座った。

「いつまでいるの?」

「さあね。まあ金がなくなるまではいるだろう」

京都に来て今日で何日になるんだろう、お金もあまり残っていない。帰りの汽車賃なんてとうに無くなっていた。

熊野寮を出て三条河原町で本屋を探した。僕が出かけるときにはもうマサトの姿はなくて、部屋の隅には彼のリュックサックがポツンと置かれていた。本屋で地図を見て山陰から九州へ行くルートを確かめた。ずっと海沿いに行って萩に寄ってもいいなとも思った。

眠眠でチャーハンを食べ、それから阪急電車に乗った。ポケットにはもう六〇円しか残っていなかった。桂という駅で降り、国道九号線へ向かった。陽は西に傾きかけていた。

亀岡からは、綾部、福知山とずっと山道を走る。時々眠くなってくるが、我慢した。運転手に、寝てていいよ、といわれてもだ。いろんなことを根ほり葉ほり訊かれるのにはもう慣れたし、話の合わせ方とかも分かるようになってきた。

車を二度乗り継いだ。真夜中でも車はそこそこ走っている。鳥取を過ぎると海の匂いがしてきた。松江から出雲を過ぎた頃、空は少し明るくなり、夜が明けようとしていた。右手には砂浜と日本海が続いていた。

「すみません。ここで降ろしてください」

「おい、まだ先まで乗ってっていいんだぞ」

「いえ、ちょっと海を見たいんです」

「そうか、じゃあ好きにしな、俺は急ぐから行くぞ」

「どうもありがとうございました、ご飯もごちそうさまでした。じゃあ」

そう言って僕は下関の魚市場へ急ぐトラックを降りた。

国道を横切り、砂浜へ降りてまだ草の生えている辺りに寝っ転がった。そして体を思いっきり伸ばした。まだ暗い海の方から風が吹いていた。そのせいかザーッ、ザーッという波の音はすぐ近くに聞こえ、国道を走る車の音はずっと遠くに聞こえた。夜明け前のひんやりとした時間だ。空を見上げると星がまだ少しばかり光っていた。目を閉じると眠くなってきた。

――歩き疲れては　夜空と陸との
隙間にもぐり込んで
草に埋もれては　寝たのです
所かまわず寝たのです
――「生活の柄」高田渡

ボブ・ディランの夢

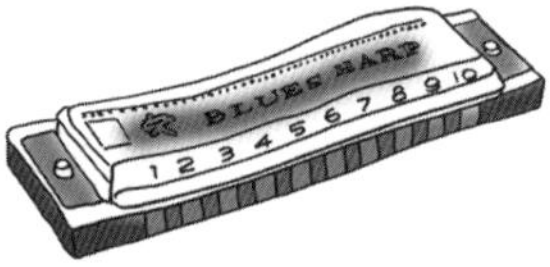

夏休みも終わり、また退屈な学校が始まった。

久々に南文堂のデッサン教室へ行くとみんな相変わらず黙々と鉛筆や木炭を動かしていた。その中にどういうわけかユミがいた。

「あれー、晶くんじゃない。あなたもここに通ってるの？」

「ああ、春から通ってるよ」

「なーんだ。そうだったの。あたしは二週間前からなの」

「どうしたんだよ、美大にでも行くのか？」

「まあね」

ユミとはフォーク仲間の集まりやコンサートで時々顔を合わせていた。クレオパトラのような髪をしていて、夏でも冬でもいつだって黒い服を着ていた。今日は珍しくセーラー服だ。同じ歳で、みさきと同じ高校だった。

　ユミは女の子二人でPPMの曲をきれいなハーモニーで歌っていたが、ホントはディランが好きで、僕らは会うたびにディランの話をした。例えば「ナッシュビル・スカイライン」のLPでディランの声がなぜ変わってしまったのかとか、「雨の日の女」のリフレインの意味とか。

「Everybody must get stonedって歌詞があるでしょう。レコードの訳詞には『だれでも一発やられるべきだ』って書いてあるけど意味分かる？　何よ、一発やられるって」

「ディランの歌詞って難しくて、いろいろ研究してる人もいるらしいからな」

「stonedってキマってるっていうか、ハイになってる状態なのよ。だからホントは『みんなキメなくちゃいけない』って意味なんだ」

そんな話を何度かするうちに、ユミも時々「たんぽぽ」にやって来るようになっていた。

「なんだ、知り合いだったのか。久しぶりだね。どうだった、お茶美の夏期講習は？」

久本が近寄ってきた。

「大したことなかったよ」

「みんなやっぱりうまいのかなあ」

　久本は夏期講習の話を聞きたそうだったけれど、僕はそれには構わずにイーゼルにカルトンを置き、用紙をセットした。そしてコーラのビンとケースを並べてデッサンに取りかかった。お茶美でそんな組み合わせのモチーフで描いている人がいたんだ。木炭ではなく、鉛筆を使った。なにか無性に描きたい、そんな気分だった。

「晶くん頑張るね、じゃあお先に」

そう言ってユミや久本たちは帰っていった。気が付くと九時半になっていた。僕はどうしてもコーラのビンが描けなかった。描いては消し、描いては消した。形はそんなに狂っていないのに、どうしてもコーラのビンに見えない。質感がうまく出せない。

　次の教室の日も同じようにビンに挑戦した。それでもうまくいかなかった。先生が八時を回った頃に現れた。

「風間君、だいぶ見えるようになったね。進歩したようだ」

「ビンがどうしても描けないんです」

先生の横に立って自分のデッサンを見ながら言った。

「いいかい、風間君。物にはそれぞれ材質ってものがあるよね。ケースは木でできているし、ビンはガラスだ。触ってみれば分かる。叩けば違う音がするだろう。さてそれをどう表現するかってことだけど、よく見てごらん。ケースは木だから光が当たっても、ほとんど反射しない。光を吸収してしまうんだ。ところがビンはガラスだから光を反射するし、周りの物が映っている。しかも透明だから透けても見える。落としたら割れるかもしれない。そういうふうにもっとよく光ってものを観察してみなさい。ものの形っていうのは光によって現れるんだ」

先生の言っていることはよく分かった。

「・・・でも具体的にはどうすればいいんですか？」

「困ったなあ、それは。まあひとつの方法として鉛筆を使い分けるという手もある」

「鉛筆ですか？」

「鉛筆にはいろんな硬さがあるだろう。それを使い分けるというのもテクニックのひとつだな。硬い材質ものは硬い鉛筆で、柔らかいものは柔らかい鉛筆で描くとかね。まあ、それがいいかどうかは分からんがね」

　先生はいつもそういう回りくどい言い方をした。しかし、ものを見るということがどういうことか教えられることは多かった。とにかく、まず感じて、見て触って、観察して、そして自分で工夫して、考えながら描く。するとそこには何か新しい発見がある。

　交通センターまで久本と歩いて行き、同じバスに乗った。久本の高校は僕の家から歩いて五分ぐらいのところにあり、彼はその寮に入っていた。その高校は、中高一貫の私立高校で市内の中学から入る者は少なく、もっぱら市外や他県から入ってくるような、ちょっと変わったキリスト教系の学校だった。久本にとっては南文堂の前から市電に乗って帰る方が近いのだが、今日は僕の家に近い方のバスに乗った。逆に僕の方が市電に乗ってちょっと遠回りをすることもあった。

「風間くん、そうとう頑張ったんだね、夏期講習。夏休みの前と全然違うよ、デッサン。あー、僕も行けばよかったなあ」

僕は可笑しくなって言ってやった。

「お茶美には三日しか行かなかったんだよ。実はね」

一〇月になると空の色が変わってくる。しかし暑さは相変わらずで、夏と違うのは蝉の声が聞こえないということと、夕陽の色が黄色から少しずつ赤くなり、そのせいか夕焼けの色は壮絶なまでに美しく、そして毎日違った色合いの模様が広がった。僕は毎日そんな夕焼けを学校の帰り道や南文堂へ行くバスの窓から眺めていた。

写真部の中にはそれを写真に撮っているヤツもいたが、僕には夕焼けの空が写真で表現出来るとは思えなかった。刻一刻と変わる空の表情は眼で見て記憶すればいいんだ。撮影に手間取ったり、ファインダーから見るよりもずっといい。とにかくそんな日が続いていた。そして「たんぽぽ」も熱かった。みんなが興奮していた。

「ボブ・ディランを呼んで阿蘇でコンサートをやろう」という誰が言い出したのか分からないが、そんな夢のような話にみんなが目を輝かせていた。しかし、夢のような話でも全く可能性がない訳でもなかった。少なくともゼロではなかった。マスターはカミオに連絡を取ろうとしていたし、もしあのただものではないカミオからギンズバーグに話がいき、ギンズバーグがディランに話し、もしかしてディランが気まぐれにOKするということもあり得る。ディランだって旅人ならきっとやって来るに違いない。

カンちゃんは気が早いのか、地図を持ち出し場所を探している。ゴローは「俺も一緒に歌うぞ」と叫び、常連の大学生は、この話を誰にして誰にしないかを真剣に考えていた。

「晶一、ゴローくんよ」

母の呼ぶ声が聞こえてきた。

「どうした？」

「阿蘇に行くぞ」

「これから？　もう三時過ぎてるよ」

「晶、いいから早く乗れよ」

玄関の前に止まった車の中からカンちゃんの声がした。そしてすぐにギターのジャカジャーンという音が聞こえてきた。カンちゃんは助手席でギターを抱え、タバコをふかしている。

熊本空港の脇を通り、大津へ抜け、そこからは国道五七号線をずっと行けばいい。立野を過ぎるとやがて阿蘇谷に入る。右手に阿蘇五岳と呼ばれる山々が見えきた。

「カンちゃん、ホントにディラン来たらどうするよう」

「どうもこうもないさ。そん時はそん時」

前の座席で二人がぼそぼそとしゃべっている。山の中腹に阿蘇観光ホテルの赤い屋根が見える。左には白雲山荘の建物。温泉街を抜け、やがて道は再び登りになった。つまり阿蘇五岳をとりまく外輪山のどこかに向かっているということだ。

やっと着いたところは大観峰《だいかんぼう》だった。車を降りてしばらく歩き、崖の淵までやって来た。目の前になんと表現すればいいんだろう、雄大な、とてつもなく広い空間があった。山々が堂々と連なり、それを取り囲むように稲刈りのすんだ田圃が阿蘇谷いっぱいに色を敷いている。それは芥子色やこげ茶色やところどころに緑色が混じっていて、まるで色紙を何枚も何枚も規則正しく敷きつめたような景色だ。その間をさっき通ってきた国道が一本の線のように走っている。国道に沿って豆粒のような家々が連なり、温泉街のあたりからは細く白い煙が何本も上がっている。目線を正面に戻すと、中岳からは白い噴煙が力強く上がっている。何という眺めだろう。もう何度もここには来ていたが、やっぱり圧倒されてしまう。観光客はみんな火口や草千里に行くけれど、阿蘇の素晴らしさはやっぱり外輪山から眺める景色だ。この大観峰からでもいいし、南側の俵山からでもいい。

僕らは長い間黙ったままだった。風は遠くからやって来てまた遠くへ去ってゆく。街の中では決して感じられないような風だ。やがて陽が山の向こうにかかり、空がオレンジ色に変わってゆく。左側の根子岳からだんだんと蒼いシルエットになってゆく。この場所でこの景色をバックにディランが歌う。一曲目は何を歌うだろう。「風に吹かれて」か、いや、いきなり「ライク・ア・ローリングストーン」でもいいな。そして歌の合間にギンズバーグが詩を朗読する、「吠える」だ。考えるだけで胸が熱くなる。背中がゾクゾクしてくる。

「自由っていうのは失うことがなにもないってこと。自由じゃなきゃ何の価値もない」

カンちゃんが新しくものにした「ミー・アンド・ボギー・マギー」を歌い出した。ゴローがポケットからブルースハープを取り出す。

ラララ　ラララ　ラララ　ラララ　ミー・アンド・ボギー・マギー――

ゴローがブルースハープを手のひらに叩きつけながら言った。

「ちくしょー、ホントにやれたらなー」

マスターは八方手を尽くしたけれど、どうしてもカミオとの連絡は付かないでいた。カミオも現役の旅人なのでそれは仕方のないことなのかもしれない。もしかしてアメリカでなくてインドかネパールあたりに行っているのかも知れない。

しかし僕らの誰も、がっかりなどしなかった。もともと夢のような話で、むしろそんな夢を見られたという喜びの方が大きかった。そしてその思いはやがて、自分たちでロックコンサートを開こうという方向へと向かっていった。

土曜日の夜、「たんぽぽ」はコンサートのための会議場だった。カンちゃんやゴローはもちろん、キリとユウ、常連の大学生や浪人、そしてとりわけ熱心だったのが、青山学院の黒ヘルをドロップアウトしたという噂の真木さんだった。新聞記者の谷口さんもいた。

「場所は決まりそうかな?」

マスターがカウンターの中から訊いてきた。

「熊大の六号館ホールが使えそうなんですよ。たぶんそこで大丈夫だと思うんだけど」

真木さんは長い髪をかき上げながらそう言った。

「コンサートのタイトル考えようよ。タイトルが決まらないとなんか落ち着かないよ」

ゴローが口をはさんできた。

「『寸龍窟ロックフェス』ってどう?」

「『たんぽぽ』らしいけど、ちょっと堅苦しくないか」

「ルート57っていうのはどうかな、あそこは国道五七号線の脇にあるし、阿蘇へ行く道だろう。それにディランの『追憶のハイウェイ61』の熊本版って感じもするじゃない」

真木さんが言った。

「ルート57ロックフェス、かっこいいよ、それ。俺気に入った」

「いいんじゃないか、それ」

マスターがそう言えば決まりだ。次は出演者だ。

「晶とゴローとカンちゃんだろう、それに出たいってバンドが三組いるから、今のところ全部で六組だな。フェスティバルって言うにはちょっと少ないなあ」

真木さんがそう言うと、今度はカンちゃんの出番だった。

いつもの川沿いのベンチで、僕は美子にディランの一件を話していた。

「でも、凄いよ。そんな夢、私も見られたらいいな・・・素敵なことだよね、阿蘇でディランかあ、熱くなるような夢よねえ・・・それでその夢がコンサートに変わったわけね」

美子はふーっと長いため息を吐いた後にそう言った。

「うん。ルート57ロックフェスっていうんだ」

「あなたも歌うんでしょう。他は誰が出るの？」

「いつものメンバーにロックバンドが三組かな。それと今ね、カンちゃんが大阪とか京都とかに行ってるんだ。おもしろいバンド探してきっと連れてくるよ」

「動いてるんだね。ううん、人がどっかに動くっていうんじゃなくて、どんどん前へ進んでるっていうか、うねりが大きくなってゆくって感じ・・・」

そう言うと美子は遠くの方に目をやった。ふいに、その横顔にみさきの顔が重なった。

「美子は、俺がどんどん前へ行くって言うけど、でもな、そうやってゆくとね、辛いことや悲しいことだってどんどん大きくなってゆくんだよ。何か素晴らしいものに近づいて行こうとすればするほど、辛くて悲しいものもその分膨らんで来るんだよ・・・」

美子は聞いているのか、相変わらず遠くを見ている。

「なあ、美子。いいこととよくないことって、同じ分量なんだろうか・・・嬉しいことが一〇あれば悲しいことが一〇あって、苦しいことが一〇あれば、楽しいことが一〇あって、つまり、プラスマイナスゼロってことなのか？　満たされたと思っていても、背中には満たされないものをしょってるってことだろう？　それじゃ悲しすぎるじゃないか・・・」

「そうよ、悲しいのよ・・・でもね、そんな人を好きになった方はいったいどうすればいいの？　あなたたちみたいに旅に出ることもできず、歌ったりすることもできない。ただ見ているだけ？　聴いているだけ？　そうやってあなたたちに置き去りにされてゆくの？」

美子は潤んだ目で僕を睨みつけてきた。

「私だっていろんな事をしてみたい。そんな気持ちはあるわよ。いつもうらやましかった、あなたたちが。だけど、男と女って違うのよ。あなたたちには簡単なことでも私にとってはね、死ぬか生きるかってぐらい大きな問題なのよ。みさきなんか一人娘だからもっと難しいはずよ。だから私も私なりに考えたわよ。そしてなんとか追いつこうとしたわよ。本だっていっぱい読んだし、難しい映画だって観たわよ。新聞の水俣病の記事だってちゃんとスクラップしている。そうよ『路上』だって読んだわよ。でもあなたは、旅をしてみなきゃ分からないって言うし、水上くんだって水俣を肌で感じなきゃ分からないって突き放すじゃない。高校生よ、まだ。しかも女の子よ。そんなことができるわけないじゃない。じゃあどうすればいいのよ・・・もしそうするんなら、今のもの全部捨てなきゃならない。親だって、学校だって、今こうやってる時間だって・・・ねえ分かる？」

僕は、何をどう答えていいか分からなかった。ただじっとその目を見つめ、顔を近づけ、そのくちびるにそっと触れた。美子のくちびるはびっくりするほど柔らかだった。

　くちびるを離すと、美子の目には涙が溢れていた。

「好きになっちゃいけないのか、美子、そんなの求めちゃいけないってことなのか、ずっとひとりでいなくちゃいけないってことか・・・俺、どうしたらいいか分からないよ」

「私だって・・・・・」

　どうしようもなく悲しいこと。僕はうつむいたままの美子の顔を引き寄せて、もう一度くちびるに触れた。美子はじっと目を閉じていた。

「俺、行くよ」

そう言ってベンチから立ち上がった。自転車に乗り、ペダルを漕いだ。「たんぽぽ」へ行こうとは思わなかった。ましてや家に帰ろうとも思わなかった。行くあてなどなく、ただペダルを漕ぎ続けた。電車通りを越えてずっとずっと走った。

「何だよう、何なんだよう」

心は宙ぶらりんのまま、何も満たされていなかった。満たされたいとも思わなかった。行き場のないどうしようもない思い。路上に身をさらしたかった。そうすればこんな思いなんか吹き飛んでしまう。あてどのない不安な旅。その方がよほど気が楽だ。そう思いながらペダルを漕ぎ続けた。ずっとずっと。

ルート57ロックフェス

熊大六号館ホールには始まる一時間前というのに、たくさんの人がいた。観客の間をユミとキリがアンプやマイクのチェックで動き回っている。

「ユミも手伝ってるのか？」

「そうよ、私だってね」

「歌うの？」

「ううん、歌わない。バンドやめたの」

「えっ、やめたの・・・」

「うん・・・」

「そうかあ、いいバンドだったのにねえ。喧嘩でもしたの？」

「ううん、そうじゃないけど・・・まあ、心境の変化ってやつよ」

「ふうん・・・」

控え室もいっぱいで、関西弁と熊本弁が飛び交っていた。

カンちゃんが関西から連れてきたのは、「ウエストサイド・ブルーズバンド」「シックステイ・シックス」というバンドと「ピンク」という弾き語りの歌い手だった。「ピンク」はヒッチハイクでやって来たせいか風邪を引いたらしくて、控え室でゴホゴホとひどい咳をしている。しかしカンちゃんの行動力には誰もが驚いた。

カンちゃんが関西から戻ってそのことを話すと、みんな歓声を上げ、いつも冷静な真木さんでさえ感激して抱きついていた。カンちゃんはいったいどんな手を使ったのだろう。

客席はもういっぱいだった。椅子なんかないので、みんな座り込んでいる。薄暗くてよく見えないけれど、後の方にもたくさんの人が立っている。もう一度チューニングを確かめ、予備のピックをギターのヘッドとピックガードに挟み込んだ。それからホーナーのブルースハープをハーモニカホルダーにセットしてマイクの前に進み出た。照明が当たり、客席の方はもう見えなくなった。

G7からC7そしてA7へ、セブンスコードが続く。一九七一年一〇月一六日午後三時、ルート57ロックフェスの始まりだ。

——アスファルトの　水たまりの中・・・

客席に目を向けると、いろんな顔がぼんやりと見えた。土屋がいた。亮もいた。久本とデッサン教室の女の子たち、美子と永井みな、そして見覚えのある顔と知らない顔。みさきの顔を探したが、見つけることはできなかった。美子と目が合ったような気がする。あの夜のことは僕らの関係に変化をもたらすことはなかった。相変わらずの僕と美子だった。少なくとも僕は。いろんなシーンが浮かんでは消えた。それらを振り払うように僕はギターをかき鳴らし、歌った。

――雨に流された涙は　風に吹き飛ばされた言葉に・・・

僕は歌いながら、ハーモニカを吹きながら、熱いものがどうしようもなくこみ上げてきていた。「たんぽぽ」の気ままな連中がひとつになって、こんなことを始めたんだ。高校生も浪人も大学生も、大学や会社をドロップアウトした人も、会社員も、そして部族も。みんながそれぞれに働いた。会場を探し、出演者を探し、アンプやマイクを方々からかき集め、照明機材を据え付けた。ガリ版刷りのちらしを配り、チケットを売り、カンパを集めた。そんなみんなの気持ちは何ものにも代えられない、大切な宝物のように思えた。掃きだめのような飲み屋街の一角で、赤やピンクのネオンの海の中で「たんぽぽ」は金色に光り輝いていた。そしてこれこそが「ボブ・ディランの夢」なんだと思っていた。

カンちゃん、ゴロー、そして幾つかのバンドが演奏した後、「シックスティ・シックス」が出てきた。姿形までそっくりなジョンとポールは「Help」や「Because」や「All my Loving」を演奏する。

ホールの中は熱気でむんむんとし、タバコの煙やホコリで白く煙っていた。僕は美子をうながして外へ出た。

「どうだった、俺?」

「感じが変わったね。最初の曲なんかロックっぽかったし」

「あの曲ね。一番新しい曲なんだ。うまく演れるかどうか心配だったけど。今までのコード進行と違ってセブンスコードばっかりで・・・」

「・・・いいわね・・・」

「おい、美子、どうしたんだよ」

「・・・やっぱりずるいわよ・・・」

「何ぶつぶつ言ってんだよ。もしかしてあの夜から、美子様は人生を悟られましたか?」

「何言ってんのよ、バカ」

美子は両手で僕を押しやり、ホールの壁に背中をつけたまま座り込んだ。今何時頃だろう。もうあたりは真っ暗で、蛍光灯の青白い光は下を向いた美子を照らしていた。

「美子、俺たちいい友達だよな」

僕は美子の前に座り、その手を両手で包み込んだ。

「何勝手なこと言ってるのよ。あなたたなんかねえ・・・そんなのムリよ・・・」

「美子、夢だよ。俺たちがずっと友達でいようってのは・・・夢だよ」

「そうね。そんな夢、いいかもね。ディランの夢よりは小さいかもしれないけどね」

美子は僕をしばらく見つめた後、また下を向いた。

「そんなことないよ。俺にとってはこっちの方がずっと大きいよ」

「ほんとに?」

「当たり前だろ」

少し寒くなってきた。ホールの中から「ワン、ワントゥー」というマイクチェックの音や、ドドド　ドドドドというベースのチューニングの音が聞こえてきた。

「そろそろウエストサイドが始まるんじゃないかな、中に入ろう。最後のバンドだよ」

そう言って美子の手を引っ張って立ち上がらせた。

素敵な夜だった。何か心の中に暖かなものが流れているような、いい気分。美子の手を握ったまま壁にもたれて彼らの演奏を聴いていた。土屋はそんな僕らを見てびっくりした顔をしていた。いいんだ、誰が何と思おうとどうでもいい。

ドラムがビートを刻み、ベースが加わり、ギターが粘っこく這いまわる。ハーモニカがそれに絡んでゆく。今はハードなブルースがぴったりだった。美子は目をつぶって体を揺らしている。

今のこの時がずっと続けばいいのに。今この時が大事なんだ、今この時が・・・
少し上を向いた美子の横顔を見ながら、手を強く握った。美子がしっかりと握り返してくる。目は相変わらずつぶったままだった。

――You need cooling
Baby I'm not fooling・・・
A-honey you need it
I'm gonna give you my love
I'm gonna give you my love
――「胸いっぱいの愛を」レッド・ツェッペリン

部族

　マスターの家は市内からちょっとはずれた、小高い山の脇にポツンと建った、くすんだような赤茶色のトタン屋根の一軒家だった。周りは野菜の植わっている畑や枯れた草の残った空き地が段々になっていて、その間に細い一本の土の道が家まで続いていた。僕は五〇ｃｃのバイクでその道を駆け上がった。玄関の前には自転車が三台並んでいて、その右手には縁側があり、夕方の鈍い陽が射し込んでいた。家の裏はすぐにうっそうとした竹林で、そのまま山に続いていた。
「こんにちは」
「おお、晶くんか、上がれ上がれ」
マスターの声がして家に入ると、みんないた。カンちゃん、「虹のブランコ族」のキリ、ユウ、それにカイとその彼女のトキ、常連の大学生のコウちゃんと真木さんもいた。彼らは囲炉裏の周りに座って焼酎を飲んでいて、もうだいぶまわっているようだ。

「囲炉裏があるんですね」

「ああ、ここは昔の農家だからね。いいもんだよ」

そう言ってマスターは湯飲み茶碗を差し出し、焼酎を注いでくれた。他に飲み物はないようだった。囲炉裏の火でするめを炙り、焼酎にお湯を入れて飲みながら、みんなこの前のロックフェスの話で盛り上がっていた。

「カンちゃん、あの関西のバンドどうやって見つけてきたかそろそろ教えてよ」

「まだ言ってんのか。だから大阪駅でプラカード出して立ってたんだよ。『ルート57ロックフェスin熊本、出演者求む』って書いてな。そしたらウェストサイドの連中がやって来て、ウイスキー飲ませてくれたら行くって言ったんだよ。シックスティ・シックスは京都の新京極だったけどな、熊本ラーメン食わしてくれたら行くって」

「これだよ、全く。よく言うよ」

やがてみんなが酔っぱらい寝っ転がったりしていると、誰かが電気を消して、ロウソクに火を灯した。そしてしばらくして細いタバコのようなものが回ってきた。それまでタバコを吸わなかった僕はどう吸っていいか全然見当がつかなかった。

「いいか、こうやってくわえて、空気と一緒にすーっと深く吸い込むんだ」

「それじゃ、空気と一緒で薄くなるよ。まず、口の中に煙をため込んで、それをふっと吸い込むんだ。そして息を止めてから少しずつゆっくりと吐き出すんだ」

僕は両方のやり方で試してみたが、うまくいかずむせってしまい、みんなに笑われた。それでも何回か回ってくるうちになんとか肺に入れることができるようになった。二センチぐらいの長さで回ってきた時に、どうやって吸うのか困っていると、カイが爪楊枝を出してくれた。
「いいか、二本で軽くはさむようにして吸うんだ。落とさないようにね」
くちびるでちょっとだけくわえ、吸うとじりじりと音がして火が大きくなり、くちびるはやけどしそうだった。そうやって一口吸ってさらに短くなったものを隣のコウちゃんへと渡した。のどがひどくいがらっぽかった。今までのにぎやかさがウソのように静かで、みんな目を閉じて黙っている。囲炉裏の中でさっき足した炭がときどきパチッと音を立てる。
ふいにユウが立ち上がり、手を頭の上にあげ、ゆっくりと体を回しながら歌い始めた。

――ハリーラーマー、ハリーラーマー、ハリーラーマー、ハリーハーリー
ハリークリッシュナー、ハリークリッシュナー、ハリーハーリー・・・――

部族が一緒になって歌い出す。

――ゴービンダンジャヤジャヤ、ゴーハーリージャヤジャヤ・・・――

みんなが立ち上がり、踊り出す。肩を組み、囲炉裏の周りをぐるぐる回る。誰かがつまずいて転びそうになってもかまわず、ぐるぐるとぐるぐると何度も何度も回った。みんな赤い顔でにこにこしている。

気がつくとカンちゃんは縁側に座り、外に向かって声を放っていた。歌じゃなかった。ただ声を出している。腹の底から低く、また高く、メロディーのようなものでもなかった。僕もカンちゃんの横に座禅のように座り、目をつぶり、いっしょになって声を出した。最初は低く、息を吸うたびに高くしてゆく。いつの間にか何人かが同じように声を出していた。みんなそれぞれに勝手に声を出しているのに、僕には不思議と調和した音に聞こえ、それはとても心地よかった。目を開けると、まん丸の月が見えた。月はみんなの声の強弱や不思議なハーモニーの動きに合わせるかのように、遠くの山の端まで落ちたり、高く上がったり、それは本のページをめくってゆくかのように次々と場面を変えていった。やがて自分の声が分からなくなった。みんなの放つ声が一塊りになり、僕らの体を離れ、まるで顕微鏡で見る細胞のように膨らんだり、しぼんだり、広がったり、尖ったりしていた。

旅人

「うそだろ、おい、いいかげんなこと言うなよ」

「いや、本当らしいんだ」

「どこでだよ、どうやってだよ」

「俺にもよく分からないんだよ。新聞に載っていたって話を聞いただけだから」

そう言った土屋の肩をつかんで揺さぶった。

林田が、死んだ――

僕はその場に呆然と立ちすくんだ。そうだ、新聞だ、図書館に新聞があるはずだ。急いで図書館に向かった。新聞をいくつか開いて探した。あった。

二十五日午前五時二十分頃横浜港瑞穂埠

頭付近で熊本県熊本市の高校三年生の林田祐二さんとみられる水死体が発見された。遺体は死後八時間ほど経過しており、死因は不明。遺留品などから警察では林田さんが中国への密航を計画していた形跡があるとして調べを進めている。

・・・うそだろう・・・横浜港って何だよ、水死体って何だよ、密航って何だよ・・・
図書館には誰もいなくてシーンとしていた。もう一時間目の授業が始まっている。
・・・そう言えば林田と最後に会ったのはいつだったろう。確か木曜日か金曜日の放課後だった。
写真部の部室の前でジャージ姿のおまえにばったり会ったな。
「何でそんな格好してるんだ？」と僕が訊ねると
「走るんだよ、これから。最近走っているんだ、鍛えようと思って」そう言ったよな。
「へえ、どうしたんだよ、何かあったのか？」そう言うと、おまえは笑って
「晶くんも一緒に走らないか」と言ったよ。
「そんなヒマないよ、忙しいんだ。土曜日にロックフェスってのをやるんでね。よかったらおまえも来ないか？　チケット買ってくれよ。京都からバンド呼んだりしたからちょっとお金が苦し

いんだ。少しでも人を集めなきゃいけない」僕がそう言うと、おまえはちょっと考えて、それからポケットから百円玉を五枚出したよな。

「たぶん行けないと思うけど、これ、カンパ」

「えっ、いいのか」と言うと
「僕もちょっとお金要るから、それが精一杯ってとこ」って言ったじゃないか。

「晶くんも歌うんだろ、がんばってな」そう言ってくれたよな・・・

次の日になると、いろんなことが少しずつ分かってきた。林田は一〇月一七日の夜明け前、つまりロックフェスの後、僕らが「たんぽぽ」で夜通し騒いでいる時だ。そのころ家を出て、大阪か京都辺りの友達のところに寄り、その後横浜へ向かったらしい。それからのことは分からない。そして昨日の朝、横浜港で水死体で発見された。

林田には中国人の血が流れていた。そしてそのことを誇りにしていた。去年同じクラスだった時に、僕に中国の歴史物の話をよく聞かせてくれた。

「中国人ってとんでもないやつらなんだよ。例えば、ある城を攻めるとするだろう。城といっても日本のような城じゃない。向こうは城壁の中に町があって、つまりひとつの町が城なんだよ。そこを攻める時だよ。まず第一陣がワーっと城に向かって行くだろ。ところが城壁の前まで行くと、自分で自分の首を切り落とすんだ。そして第二陣も第三陣も首を切り落とす。攻められる方はびっくりするよね。あっけにとられる。そうして第四陣が攻めかかる。今度は首を落とさずにほんとに攻めるんだ。そうやって戦争するんだよ。すごいだろ、信じられるかい？」そうやって夢中になって話す林田の顔が浮かんだ。「絶対読んでね」と言っていた「三国志」はまだ読んでいなかった。

中国に行きたかったんだ、密航してでも。そして中国へ行く船に乗り込もうとして、海を泳いだんだ。もう少し待てば大手を振って中国に行けただろうに。今日の新聞には、中国国連加盟って書いてあるよ。やがて中国との国交も始まるだろうって。なんで待てなかったんだよ。でも、そんなこと関係ないか、おまえは行きたかったんだよな。どうしても、どうしてでも・・・

林田が戻ってくるという日、僕は彼の家へ行った。門から中に入ると、庭に面したガラス戸は大きく開け放たれて、部屋の中は白い花で溢れていた。林田と同じクラスの何人かが庭先にいて、その中に野口がいた。そして野口が手にしていた林田の置き手紙を見せてもらった。

行って来ます　大冒険へ!!
自分がもう一度生き返るために旅に出ます。
今のままの自分ならいつか必ずや命を絶ってしまいそうだったからです。
脳は働かず、思うことはみんな空しく、
こんな状態で、弱い人間のままこの先を生きてゆくことに耐えられないのです。

だから冒険の旅に出る。
冒険とは読んで字の如く、危険を冒すということだから
もしかすると命を落とすことになるかも知れない。
でも今の僕は何か自信が満ち溢れていて、きっと神的なものがついていて
恐れといったものを感じません。
そして旅を終えたときに、真の魂に生まれ変わっているでしょう。
一段落したら必ず連絡します。

一九七一年一〇月一七日　　祐二

「おい、晶、旅って何なんだよ。冒険って何なんだよ。死んじまったら終わりじゃないか、何もかも。悩んで悩んでうじうじと生きてちゃいけないのかよ。弱い人間のまま生きちゃいけないのかよ。俺はなあ、去年の冬大阪でおまえと別れてからひどく落ち込んだんだ。自分がなんて臆病なんだろうってな。自分のちっちゃな世界の中にあるものだけを並べて、レールを引いて、そのレールに乗ってただ生きてるような気がしたんだよ。あの時だって、ほんのちょっとの勇気さえあればよかったのにって思うよ、自分を放り出せてたらって思うよ・・・おまえがうらやましかったよ。だけど死んじまったら終わりじゃないか。それでもいいのかよ・・・」
「野口おまえ、」

「晶、言うな。おまえの言いたいことは分かるさ。生き方なんていろいろあって、何がいいとか悪いとかじゃなくて、そんなのは自分で決めるんだ。うじうじ生きていたって幸せな時だってあるさ。いくら自分に厳しく生きたからってそれが幸せかどうか分からない。分かってるよ、自分自身がどうあるかってことだろう。それぐらい俺にだって分かっているよ。だから、だからだよ。小説なら分かるさ。小説の中ならな。だけど林田は現実なんだよ・・・」

しばらくして大きな外車のバンが到着した。白い手袋をした人たちが集まってきて車の後のドアを開け、一礼し、無言のまま棺を運び出した。そんなてきぱきとした彼らの動きを、赤や黄色のカンナの咲いている庭先から、僕はぼんやりと眺めていた。林田は旅を終えたのだろうか、それともまだ旅の途中なのだろうか。一〇月の海は冷たかっただろう。林田の目にはその時、何が見えていたのだろう。暗い海、港のいろいろな明かり、遠くの船のランプ。辛かったろうか、いやそうは思わない。きっと心は躍っていたはずだ。旅は辛いものだ。辛いからこそ心は解き放たれるんだ。僕には分かるよ。その先に見えるものは何もない。想像できるのはたどり着いた時の束の間の安堵感だけだ。それだけを頼りに旅立つんだ。たとえその先に、また新たな不安が待ち受けていようともだ。だからなぜ、とは訊かない。旅の先に何があるかなんてどうでもいいことだ。

「林田、分かるよ、よく分かるよ」

真っ白な祭壇に棺が横たえられ、その上に照れたように笑っている林田の顔があった。涙はどうしようもなく溢れてきた——

その先にあるもの

部室の前の廊下で写真部の連中が、食堂のうどん一杯を賭けて、二リットルの水を一気に飲めるかどうかを争っている。それを白衣を着た化学部の連中も混じって周りではやし立てている。写真部の女子三人はちょっと離れたところで何かの雑誌を覗きこんでときどき笑い声を上げる。僕は、まだ陽の当たっている部室の壁にもたれながらそれをぼんやりと眺めていた。グラウンドの方からはランニングのかけ声やテニス部のボールを打つ音が聞こえてくる。地面の芝生の間からはクローバーを小さくしたような葉っぱがたくさん生えていて、僕は四つ葉になったものはないかと探してみたけれど、そんなに簡単に見つかるはずもなかった。それから立ち上がりカバンを持ってその場を離れた。校舎を出て正門に向かっていると後ろから声がした。

「晶くーん！」

美子が近づいてきた。

「もう帰るの？　早いわね。いっしょに帰ろうよ」

「・・・俺ちょっと行くところあるから」

「そう・・・・・・」

バスに乗り、上通りの楽器屋でギターの弦をワンセット買って家に帰った。部屋に入り、そのままベッドに寝っ転がった。それから着替えて、壁に立てかけてあったギターを取り、弦をゆるめ、ブリッジのピンを引き抜いて弦を全部はずした。フィンガーボードを湿らせた布で拭き、フレットにたまった汚れを取り、ネックは柔らかい布で磨いた。それからヘッドの裏側のペグを留めてあるネジを締め直した。ヤマハＦＧ一八〇、それが僕のギターだ。マーチンや鳥の絵柄の入ったギブソンなんて夢のまた夢だった。ボディ全体を磨く。ところどころにぶつけた跡やひっかいたようなキズもある。一緒にいろんなところへ出かけていったからな。だけど僕にとってなくてはならない大事な大事な友だちだ。買ってきた新しい弦を袋から取り出し、六弦を張った。だけどそこで止めた。

いつもより早く夕食を済ませ、それから家を出て、またバスに乗って南文堂へ向かった。交通センターに着く頃はもうすっかり暗くなっていて、ターミナルの手前では渋滞するバスのブレーキランプでフロントグラスがまっ赤に染まった。バスを下りて地下街の人混みをかき分けて歩いた。左手に持ったカルトンが人に当たるたびに「すみません」と謝った。やっと交通センターの建物を出て、人通りのない暗い道を五分ほど歩くと電車通りの向こうに南文堂の看板が見えた。ゴーッという音をたてながら明かりを煌々《こうこう》とつけた路面電車が通り過ぎる。道路を渡り、石造りの橋から川を眺めた。橋のたもとの暗い街灯がひとつと南文堂から洩れるぼんやりとした光りが黒い水に映ってゆらゆらとしていた。

売り場の奥の階段を上がると三人が石膏に向かい、久本は花瓶に挿した造花のバラを描いていた。久本が振り向いて「やあ」と言う。僕はちょっと頷いて、部屋の隅の棚のところへ行った。そして段ボールの中から大きな巻貝を二個取り出して、その横に畳んである赤と白のチェックの柄の布を持ったまま、みんなから離れたところに椅子を運び、その上に布を広げた。適当にしわを作り、貝殻を置いた。それから壁に立てかけてあるイーゼルをその前に持ってきて位置を決めた。カルトンを置き、中から用紙を取り出し、クリップで留めた。筆箱から6Bの鉛筆を選んで、画面の縦と横の中心に薄く線を引いた。だけどそこまでだった。

「今日は先生来ないらしいよ。どう、コーヒーでも飲みに行かないか?」

「・・・いや、いいよ、今日は」

「そうかあ、でも全然描いてないじゃないか・・・」

そう言って久本は離れていった。

「そろそろ終わりますけど」

店の人が下から声をかけた。残っているのは僕ひとりだった。クリップをはずして用紙をカルトンにはさみ、イーゼルをもとの場所に戻し、階段を降りた。

南文堂を出ると冷たい風が吹きつけてきた。川は相変わらず街灯をゆらゆらと映している。交通センターまで歩き、階段を下り、シャッターの降りた人気のない地下街を通り、再び階段を上がりバス乗り場へ出た。方向別に四列になった乗り場は閑散としていて、見渡しても数えるぐらいの人しかいない。青白い蛍光灯の下で誰もが寒そうに肩をすぼめ、タバコの煙を吐いている。

やっとバスが来て乗り込んだ。乗客は二人で、僕は一番奥の一段高くなった席に座った。「通り町筋、熊日新聞社前」で四人が乗り込んできた。やがてバスは街中を離れ、ネオンや看板の明かりもだんだんと少なくなってゆく。「水前寺公園前」で二人降り、「県庁前」で三人が降りた。乗り込んでくる人はいない。そこを過ぎるともう辺りはほとんど真っ暗で、まだ舗装されていない、街灯さえない道がヘッドライトで照らされる分だけ続いていた。

やっと僕のバス停だ。小さな川の手前、左は墓地。お金を払ってステップを降りた。そのとたんいきなり闇の中に放り出された。

暗闇に戸惑ってるうちにバスは走り出し、やがて見えなくなった。後続車も対向車も来ない。静寂は癌のように蝕んでゆく。僕の言葉を聞いてくれ、そして差し伸べるこの腕を掴んでくれ。そう、「サウンド・オブ・サイレンス」の世界だった。

やりきれなかった。何が悲しいのか、どうして心がこんなに重いのか、何も分からないまま、まるで暗闇の中を手探りで歩いているようで、どっちに行けばいいのか明かりは見えず、ただ右足と左足を交互に動かしているだけのようだった。もっと何か林田のためにできたんじゃないか、すべきだったんじゃないかという後悔。いやそうじゃない。林田のことなんか気にもしていなかった。確かに林田は他のヤツとはちょっと違ってはいたけれど、目立たず、何か行動するようなタイプにも見えなかったし、音楽の話だってしたことがなかった。それがどういうわけか気の合うところがあり、僕が歌うところにはよく顔を見せていた。お互いに意識し合うものがあったのかもしれない。そんなヤツが旅立った。それがショックだったのか。林田の旅に比べると、自分の旅があまりにも小さく、甘く、ただ旅人を気取っているだけのような恥ずかしさに襲われる。何をどう考え、どう林田と決着をつけ、そしてこれからどう生きていけばいいのか。林田と僕を比較しても意味はないのか、旅とは何か、そんなに突き詰めて考えることはないのか。これまで思ってきたもの、信じてきたもの、そして憧れていたもの、それらのすべてが、霧の中でぼんやりとゆらゆら揺れている。何も考えられず、ただその影を眺めている。旅の先にあるもの、それと引き替えにするものは何なのだろう。別れなのか、それとも死なのか——

みさきに無性に会いたかった。みさきの暖かさが欲しかった。みさきがここにいてくれさえすればいいと思った。その気持ちが抑えきれずに、次の土曜日にとうとう電話した。夕方に下通りの入口で待ち合わせ、みさきを初めて「たんぽぽ」に連れて行った。ベレー帽から出ている長い髪はさらさらして、ざっくりとした生成のカーディガンに茶色いコール天のスカートは、相変わらず素敵で大人っぽかった。そんなみさきが眩しくて、まともに見ることさえできなかった。

「へえ、ここがたんぽぽなんだあ。なんかちょっと怖い感じ」

客はいつものように少なく、僕らは隅の壁際の席に座った。

「辛いよね、友だちがそんな風に亡くなるなんて。美子から聞いたの、林田くんのこと。あなたが落ち込んでいるって・・・」

僕らはマスターの入れてくれたコーヒーをただ黙って飲んだ。

それから「たんぽぽ」を出て、ネオン街から身を隠すように裏道をさまよい歩いた。みさきは黙って付いてくる。冷え冷えとした街灯の連なる川沿いの道に出て、それから暗くて誰もいない小さな公園のベンチに座った。

「みさき、」

「うん、なあに」

「みさきはもう俺のことなんか忘れてたんじゃないのか?」

「何言ってるのよ・・・嬉しかったよ、電話くれて」

そんなみさきの言葉に、僕は泣きそうになった。

「みさき、俺だいじょうぶだよ。そんなに心配しなくっていいよ」

「そう？　でもほんとはそんなに心配してないよ。あなたのことだから、きっとだいじょうぶだろうと思ってるよ。でも、誰かといたい時ってあるんじゃないかなって思ったの」

僕はみさきの頬に手を当て、その目をのぞき込み、下を向き、そしてもう一度その目を見つめながら、くちびるを合わせた。みさきは何も言わずただ暖かで、とても懐かしい匂いがした。その匂いの中に僕とみさきが過ごしてきた時間が詰まっていた。楽しくて楽しくて、嬉しくて嬉しくて、幸せな、幸せな時間だった。

「私ね、今日は美子の家に泊まるって出てきたの」

「えっ」

「私、お金持ってる・・・」

みさきの言葉はいじらしくて僕の胸は締め付けられるようだった。しかし、僕はそんなみさきの気持ちに応えるわけにはいかなかった。もしここで、みさきとどうにかなってしまったら、その後の僕はどうなってしまうだろう。みさきが愛おしい、どうしようもなく。みさきのやさしさに包まれ、癒され、心が軽くなっていければどんなにいいだろう。気まぐれに旅に出て、そしてさびしくなって帰ってゆくと、みさきが微笑みながらそこにいる。映画を観て、音楽を聴いて、コーヒーを飲みながら僕が見てきたもの、そして他の人よりもちょっと違った経験を話す。みさきはしゃれた服を着て、長くてさらさらした髪をかき上げながら、楽しそうにそれを聞く。それでいいじゃないか、それで。違う。そんなものを望んじゃいない。みさきだってそんな僕を望んではいないはずだ。そう思いたかった。みさきがいつも待っていてくれたらと思う。しかしそれは、僕の心の中の事だ。

長い間僕らは黙ったまま体を寄せ合い、凍り付いたようにただじっとしていた。

「みさき、もう帰ろう」

立ち上がっても、みさきはベンチから動こうとはしなかった。

「いや・・・」

「みさき・・・」

「私、帰りたくない。一緒にいたらいけない？　あなたのために何かしたいの。あなたがこんな風になっているときに何もしてあげられないなんて・・・あなたはだいじょうぶって言うけど、そうじゃないわよ。だからってなんにもできないけど、ただ一緒にいてあげたら・・・」

「みさき・・・俺・・・違うんだよ、そうじゃないんだよ・・・」

言葉は続かなかった。みさきの手を引いて立ち上がらせ、それからみさきの手を握りしめ、一言もしゃべらずただ黙々と歩いた。みさきの家までの道のりが、みさきとの最後の時間のように思えた。みさきと過ごしたいろんな場面がひとつひとつ浮かんできた。何か一言でも口にすればすぐに涙が溢れてきそうだった。そして家の近くの暗がりで僕はみさきを抱きしめた。額と額をくっつけ、頬と頬を合わせ、強く抱きしめた。みさきを確かめたかった。みさきが決して僕の心の中だけのものではないことを確かめたかった。

「ありがとう」

ほかに言うべき言葉が見つからなかった。みさきは僕の胸でしゃくり上げるように泣いている。僕だって泣きたかった。みさきの気持ちを受け入れて、すばらしい時を過ごす。後先のことなんてどうでもいい。僕らは求め合ってるんだ。今ならまだ間に合う。みさきも今はそれを望んでいるはずだ。そのために一歩踏み出す決心をしたのだ――

しかし僕にはやっぱりできなかった。そのあとに必ずやってくる、もっとひどい空しさが僕には見えていた。それは僕にとって恐怖に近いものだった。もうこれ以上傷つきたくない、これ以上暗闇の中を這いずり回りたくない、これ以上ボロボロになりたくない――

「・・・・・行くの？」

やっぱり僕は自分のことしか考えられないのだろうか。ここで、腕の中で、僕を待っている人がいるというのに、何もできず、ただその頼りない細い肩を抱いているだけなのか。みさきのことを大事に思ってるなんてウソっぱちだ。ただ自分の都合のいいようにみさきを利用してるんだ。どうして今さら、みさきに会ったりしたんだろう。みさきに会わなければよかった。

ただ遅かったのかもしれない。もしあの時、みさきが一歩を踏み出していたなら、僕らはこんな風にはならなかったのかもしれない。今の僕はもうあの時の僕じゃない。僕は何にも縛られたくない。さびしいけれど、独りぼっちだけれど、自由が欲しい。不安な、もっともっと厳しい旅をしなければならないんだ。そうでなくちゃ、林田に笑われてしまう。

（みさき、俺忘れないよ。ずっと大事に持って生きてゆくよ・・・）

そう心の中で言った。しかし、それすら僕の自己満足なのかもしれない。でも、それでもいい、そんな気もしてきた。そう思うことしかできないのだ、悲しくてやりきれないけど、今の僕にはそれしかできないんだ。それしか・・・

——悩み多き者よ　時代は変っている
全てのことが　あらゆるものが
悲しみの朝に　苦しみの夜に
絶えず時はめぐり　繰返されている
ああ　人生は一片の木の葉のように
ああ　風が吹けば何もかもが終わりなのさ
流れゆく時に　遅れてはならない
移りゆく社会に　遅れてはいけない

ああ　悩み多き者よ　時代は変わっている・・・

——「悩み多き者よ」斉藤哲夫

広島へ

辛いことが一〇あれば、心躍ることが一〇ある。それが真実だ。広島の石田くんからの手紙が僕を救ってくれた。相変わらずとぼけた調子で、郵便番号を書く欄には「ごくろうさん」と書いてある。手紙は、広島でコンサートをやるから歌いに来ないかという誘いだった。今の僕にこれほどありがたい話はなかった。日にちもちょうど学校の休みの日だ。

カンちゃんを誘い、夜に「たんぽぽ」で待ち合わせた。母には「たんぽぽ」から電話した。母はもうあきらめているのか、ため息をついた後に、ただ「気をつけてね」と言うだけだった。それから店にいた谷口さんの車で郊外の国道三号線まで送ってもらった。

再び路上に身を置く。これだよ、これでなくちゃ。ジャック・ケルアックの「路上」を何度読もうが、たった一度のヒッチハイクには勝てやしない。本を読んでいくら思いを巡らせようが、

この路上の不安な気持ちは分からない。

「晶、おまえ寒いのか、なんか震えてないか？」

「違うよ、震えてなんかいないよ、寒くなんかないさ」

そして僕は大声で歌った。手を上げて大きく回しながら。

How does it feel　How does it feel・・・

カンちゃんもまた向かってくるヘッドライトに手を上げている。逆光になったカンちゃんのシルエットは月に向かって吠える狼のようだった。そして僕らの吐く白い息は、出発を告げるのろしのように、冷たい夜空にまっすぐに上がっていった。


明け方、僕らは岩国の近くのガソリンスタンドで顔を洗い、再び国道に立っていた。そして一台の軽自動車がやって来て通り過ぎたかと思うと、その先の小さな橋の欄干にぶつかり、川へ落ちていった。事故だ。僕らは走ってそこへ行った。川は用水路のようで水は流れていなく、土が盛り上がっていた。それでも道路からは二メートルほどの落差はある。車は正面から土に突っ込み、横倒しになってタイヤはまだ回っていた。僕はあっけにとられぼんやりとしていたが、カンちゃんはすばやかった。川に降り、自動車のドアを開け、「おい、来いよ、足の方持ってくれ」と僕に言った。そして二人で頭から血を流して気絶している中年の女の人を車から引っ張り出し、道路まで引っ張り上げた。

「晶、さっきのガソリンスタンドへ行って救急車呼ぶように言ってこい」

「分かった」

ガソリンスタンドの人と一緒にそこへ戻ると、女の人は横たわりうめいていた。額のあたりも切れているのか、赤くなっている。

「じゃあ、行くぞ」

カンちゃんが言った。

「えっ、行くって、この人はどうするの？」

「救急車手配したんだろう、それならもうすぐ来るさ。それとパトカーもな。そうなると事情聴取やら何やらいろいろと面倒になるんだよ」

「じゃあ後は頼みます。僕ら急ぐので」

ガソリンスタンドの人にそう言ってカンちゃんは歩き出した。だいじょうぶだろうか——

しばらくするとサイレンを鳴らした救急車がすれ違っていった。


広島には夕方近くに着いた。石田くんに電話をして、デパートの前で待ち合わせた。石田くんとは手紙のやりとりは何度かあったけれど、会うのは去年の夏以来だった。相変わらず飄々《ひょうひょう》として、例のアメリカ軍の戦闘服を着ていた。喫茶店に入り、コンサートは明日の二時から市民会館の小ホールでやるということを聞いた。そして石田くんは市民会館の地図を渡すと、明日の準備があるというので帰って行った。それで僕らは、カンちゃんの知り合いの部族の家へ向かうことにした。

その家に入ると中は薄暗く、インドの絵や飾り物があふれていた。三〇センチほどのお香が焚かれ、窓をおおった東南アジア風の布の間から漏れる光にお香の煙がふわふわと浮いていた。壁にはジミ・ヘンドリックスの大きな顔とサイケデリックなジェファーソン・エアプレーンのポスターが貼ってあった。

眠たかった。考えてみるとまともに寝ていないんだ。それに二人にに勧められたお酒のせいもある。彼らの話すことをぼんやりと聞きながら石油ストーブの前でうつらうつらしていると、「葉っぱ」が出てきた。小さなパイプのようなものに詰めてあって、細く巻いたものよりもずっとたくさんの煙を吸うことができそうだった。二、三口吸うと、もう僕は回り始めていた。それが「葉っぱ」のせいなのか、お酒のせいなのか分からないまま、体はふわふわと浮き、ドノバンの「ハーディ・ガーディ・マン」に合わせるかのように、頭の上では何かがきらきらと光りながら回転していた。

「ごめんね。せっかく来てもろうたのに。何にも出来んで。ちょっとね、内輪でね、いろいろと揉めてたんよ。いっしょに『教訓I』やりたかったんやけどね」

楽屋の出口で石田くんは申し訳なさそうに言った。

僕とカンちゃんは熊本から来たフォークシンガーと紹介され、それぞれ何曲か歌ったが、客の反応も芳しくなく、おざなりのような拍手があっただけだ。結局、広島の連中とあまり話もできなく、うち解けることもできないままコンサートも終わってしまった。

「でも呼んでくれてありがとう。またそのうちに会おうよ」

「これから帰るん、もう?」

「うん、そうだよ。僕ら旅人だから」

市電で町外れまで行って、再び路上に立ち、西へ向かう車に向かって手を挙げた。

カンちゃんは帰りに北九州に寄るのだろうか、ふとそう思った。カンちゃんの歌には北九州という言葉がよく出てくる。でも、北九州に誰か思っている人がいるとしたら、カンちゃんはあんな歌は歌わないだろう。きっと思い出に違いない。僕もいつかみさきのことを歌うのだろうか。それとも美子のことを歌うのだろうか。そうなった時に初めてみさきや美子が思い出になるのだろうか。いくつもの顔が浮かんできた。林田、葉山さゆり、水上、マリ、美子、そしてみさき。僕らを乗せた大型トラックは小郡の近くまで来ていた。僕が泊めてもらったあのトラックターミナルはもうすぐだろう。そして右へ行けば萩だ。

ずっと遠くの山の稜線やゆっくりと流れてゆくぼんやりとした家の形。そしてびゅんびゅんと飛び去ってゆく線路脇の白っぽい柵。少しずつ形を変えてゆくものと、一瞬一瞬で目まぐるしく変わってゆくもの。その違いは走り続ける車との距離だ。

僕は車のサイドウインドウに頭をもたれながら夜の闇を見つめていた。その中に潜んでいる何かを探していた。何かがふいに闇の中から踊り出してくるような気がしていた。それを見逃すまいとただじっと闇を見つめていた。

隣りのカンちゃんは運転手の話に相づちを打ったり、話を合わせたりしている。ヒッチハイクもけっこう気を使うものなのだ。頭の中では、さっきラジオから流れていたディランのハーモニカが I want you I want you・・・とずっと歌っていた。

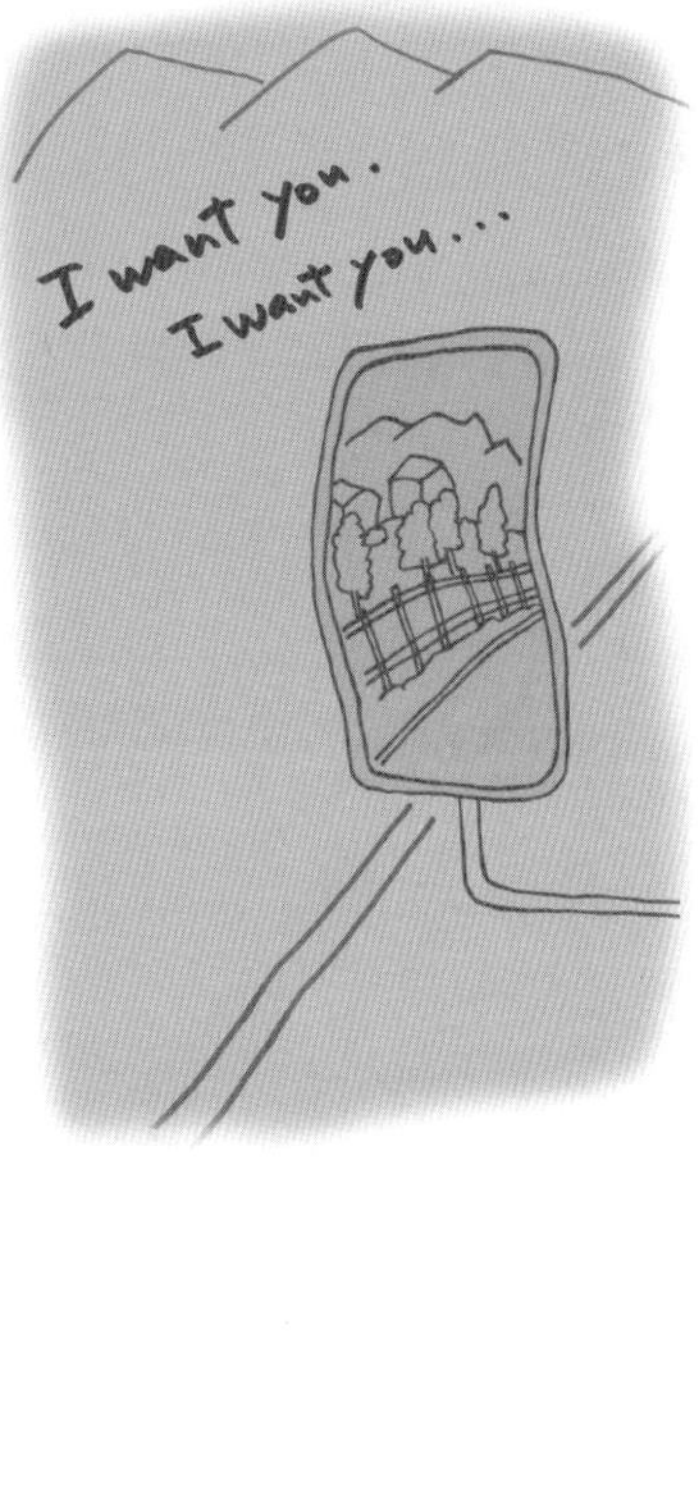

終わる

「もしもし、晶くん、ユミだけど・・・」

夜の九時過ぎに突然電話がかかってきた。

「ちょっと出て来れない？」

「今どこにいるんだよ」

「あなたの家の近くだと思う。バス停の近くの橋のところ」

「何やってるんだ、そんなところで。ちょっと待ってろよ、今行くから」

僕は訳が分からないままその場所へ向かった。

「どうしたんだよ」

ユミは分厚いオーバーコートを着て、肩から斜めに大きなバックをかけていた。

「あたしね。家、出てきたの、今晩泊めてくれない？」

「おいおい、ちょっと待てよ。簡単に言うなよ、泊めてくれったって、ウチじゃまずいよ」

「お願い、一晩だけでいいの。他に行くところないのよ」

「ユミねえ。他にないって、女の友達とかいるだろうに」

「女友達じゃすぐに親から連絡行くからダメなのよ」

「いいじゃないか、二、三日帰らないって言えば」

「そうじゃないのよ。あたしキリと二人で行くの」

「え、何、キリってあのキリか？」

ユミはうなずくが、僕にはいったい全体何がどうなっているのか、ますます分からなくなった。ユミとキリがどこで繋がるんだろう。あのユウはどうなるんだろう。

「じゃあ、家出してキリと一緒に行くってことか？　ユウは一緒じゃないんだ・・・」

ユミは下通りにある呉服屋の一人娘で、考えてみるとみさきと似たような環境だった。そう言えば最近は会ってもディランの話はしなくなり、代わりにおもしろくないと言っては、学校とか親の不満をこぼしていた。しかしキリとのことは何も聞かされていなかった。

「ユミ、それは大問題だぞ。もう少しで卒業じゃないか。東京かどっかの大学にでも行けば済むんじゃないか」

「それがねえ。そうもいかないのよ・・・」

ユミはため息をつきながら言った。ユミの顔は、寒いのか緊張しているのか、強張ってはいたが、目だけはキラキラしていて、それがユミの決意を表しているようだった。

「・・・分かったよ。じゃあちょっと待っててくれよ、ここで」

そう言って僕は家へ戻り、亮《あきら》に電話した。

「おまえのとこ、今日泊まりにいっていいか？　女の子連れて行くけど」

「ええっ、女の子？　おい、ちょっと待てよ、おい」

「詳しいことは後で話すから、とにかく行くからな」

亮を無視して電話を切った。

「亮のところに泊まりに行くから」

母にそう言って家を出た。そしてユミを連れて亮のところへ向かった。歩いて一五分ほどだ。

亮は親戚の家の離れに下宿していた。裏からだとその親戚に知られずに入れる。僕とユミは足音を忍ばせて裏口を通り、ガラス窓を小さく叩いた。

「こんばんは」

ユミがそう言うと亮は、どうぞ、とにこやかに言いつつも僕を睨みつけてきた。こたつに入り、手も中に入れた。

「寒かったなあ、外は。ここは暖かくていいよ」

ユミは黙っている。亮は自慢のサイフォンでコーヒーを入れ始めた。

「悪いな、朝になったら出てゆくから。この子はユミ、こっちは亮」

「ユミです。お世話になります」

ユミがちょこんと頭を下げた。亮はサイフォンの中をかき回している。

「ユミ、お前いつからなんだよ、キリと付き合い始めたのは？　それにキリがどういう人なのか分かってるんだろうな」

「分かってる。キリとは真剣に話し合ったもん。三か月ぐらい前かな、知り合ったのは」

「それでおまえ、なんで今日キリと行かなかったんだ？　だいたいどこへ行くんだよ」

「キリはキリでいろいろあるらしいんだ。ユウのこともあるでしょう。だから、一日お互いに姿を隠してから行こうってことになったの」

「よく分からないなあ。それって何か意味があるのか？」

「だって、キリがそう言うから・・・」

ユミの不安そうな顔は少し赤みを帯びてきた。亮は黙ったまま僕らのやりとりを聞いている。

ユミはこれまでのすべてを捨てて、キリと行こうとしている。ユミとキリとの間に何が起こり、何がユミとキリを決心させたのかは分からない。あのいつも冷静で聖人のようなキリが、ユウと別れ、ユミを選んだということか。何かを捨てて、何かを得る。何かを終わらせ、何かを始める。

そんな風にユミとキリは旅立つのだろうか。

「ミルク入れる？」

亮がユミに気を遣っている。

「ありがとう。ミルクはいらないわ」


夜も更けてきて、亮は寝ようと言って蛍光灯を消した。小さなランプひとつになった。僕らはこたつに入ったまま寝っ転がった。僕とユミは亮が出してくれた一枚の毛布を二人で掛けた。目をつぶると、みさきや林田のことが浮かんできた。ユミが旅立った後、残されたものたちはどうなるんだろう。親は探し回るだろうな。ユウは納得しているのだろうか。いやそうは思えない。いろんな思いが次々と浮かんできた。眠れるはずなんかなかった。目を開けるとユミの顔がすぐ近くにあった。毛布で半分顔を覆い、目だけが出ていた。その目は僕を見つめていてキラキラしていた。ユミだって眠れるわけがない。ユミは毛布から片手を出し、こちらへ延ばしてきた。


夜が明けてあたりが白みはじめると、僕とユミは亮の部屋を出た。まだ六時前だ。近くのバス停までユミと一緒に行った。ユミは熊本駅でキリと待ち合わせ、それから阿蘇に向かうと言う。

「ユミ、ほんとにいいんだな」

そう言うと、ユミはちょっと笑い、でもすぐに泣きそうな顔になった。

バスがやって来た。

「じゃあ、しっかりやれよ。それからどこにいるかぐらいは知らせろよな。俺の住所分かってるよな。それからなあ、絶対死ぬんじゃないぞ、何があっても。分かったな」

「やめてよ、死ぬなんて。だいじょうぶだよ。晶くんも元気でね」

ユミは乗り込み一番後の席に座り、こっちを向いて手を振った。ユミはホントに大丈夫だろうか、そしてユミの選択は幸せへと繋がるのだろうか。不安な気持ち。もしユミとキリでなく、僕とみさきだったらどうなるんだろう。あるいは僕とユミだったら、こんなことになっていただろうか。旅立ってゆく者と置き去りにされる者、旅立ちたくてもがく者と留まることを選ぶ者。どちらがいいかなんて分かりゃしない。まして寝不足の頭で考えられるようなことではなかった。バスが走り去り、見えなくなるまで僕も手を上げていた。

——冬の長い陽がいっぱいの坂道で
あなたとわたしは　黙って　影をみてたわ
わたしのしてあげた事といったら
たった一杯のミルクティーを飲ませてやった事だけ
もっと優しくしてやればよかったわ

——「ミルク・ティー」遠藤賢司

その週の土曜日の夜に亮がやって来た。母はコーヒーを入れてくれ、さっさと寝てしまった。

僕はいつものようにギターを弾き、亮は黙って聴いていた。

「最近たくろうの歌、歌わなくなったよな」

「そうだな・・・あのな、たくろうってやっぱり違うような気がするんだ、俺なんかとは・・・おまえ、勉強はいいのか？」

「たまには息抜きも必要だよ」

「じゃあ俺はおまえの息抜きの道具か？」

「そりゃそうだろ、この前の貸しだってあるしな」

「まあな、助かったよ。あの時は」

「しかし彼女にはびっくりしたよ。うちの伯母さんが知ったら腰抜かしただろうな」

「それがな、来たんだよ、次の日の夜に」

「親か」

「デッサン教室から帰ったらいたんだよ、両親がここにな。そしてどこに行ったか知らないかってしつこく訊かれたよ」

「よく分かったなあ、おまえのことが。で、なんて答えたんだよ？」

「そりゃ知らないって言うしかないだろう。ちょっとかわいそうな気もしたけどな。でも電話があって、家を出るってことは聞いた、とは答えたよ。そうしたら、何で止めてくれなかったんだ、って言われたよ。お母さんは泣いてるしな。まいったよ・・・」

「まあ、親にとってみればそうだろうなあ・・・でも、女ってすごいな。いざとなったらすごいよ。俺には真似できないな」

「でもな、ユミは特別だと思うよ、なんか他に理由があったかもしれないし。みさきや美子なんか違うよ、もがいてもがいて苦しんでるよ。しかしその差っていったい何なんだろうな・・・」

「ユミとは親しかったのか？」

「うーん、親しいと言えばそうだけど、まあ、仲間ではあるな。でもあれだけ真剣に頼られればなんとかしてやろうとな・・・」

「みさきさんはどうした？　もう会ってないのか？」

「ああ・・・この前久しぶりに会ったよ。そして終わったな・・・」

「・・・そうか・・・それで美子の方はどうなんだよ」

「美子かあ、美子のことはそりゃ大事だよ。俺のことよく分かってくれてるし、何でも話せるし・・・、大事な存在だよ」

「おまえなあ、それって愛してるってことじゃないのか？　おまえの帰るとこってほんとは美子なんじゃないのか」

僕は亮が「愛してる」なんて言葉を口にするのがおかしかった。そして美子のことを言うのも不思議だった。なぜ美子が出てくる？

「確かにそうかもな。愛してるのかもな・・・でも、みさきとは違うんだ。やっぱり美子はいい友達だよ」

「美子は待ってるんじゃないのか、おまえの言葉を」

「おまえ全然分かってないな。俺が愛してるって言ったってどうにもならないんだよ。それはみさきだろうと美子だろうと同じなんだよ」

「だめなのか？　それじゃ。旅をするのはいいよ、どんどん旅すればいいさ。そして帰って行く場所が美子じゃだめなのか？　旅に疲れ果てて帰ってきた時に美子が暖かく迎えてくれればいいじゃないか？　それが帰る場所っていうもんだよ」

亮はムキになったように言う。

「帰る場所って何だよ。俺はそんなもの欲しくないよ。いいか、俺はなあ、ある瞬間だよ、例えば何かに感動したり、悲しかったり、嬉しかったりしたその時に、一緒にいて一緒にそうなって欲しいんだよ。その時その一瞬が大事なんだよ。だから帰ってきていくらその話をしてもだめなんだ。感動ってのはなあ、話して分かるものじゃないだろう、感じるものだろう。分かるか？」

「それはおまえ、わがままってものだろう。人ってそれぞれ世界があって、その中で生きているだろう。親もいれば学校だってある。何ていうか、生活の仕方だって違うだろう。そういうものがあって、人それぞれ、俺やおまえやみさきさんや美子が在るわけだろう。それを認めたうえで、好きになったり、嫌いになったりするんじゃないのか？　人は」

「違う、うまく言えないけど違うよ。同じ感動を共有して初めてお互いが分かり合えるんじゃないのか。そうでなけりゃ、俺は愛してるとかなんとか言えない」

「・・・」

「美子に言われたよ、俺はどんどん先へ行くんだって。だからみんな付いていけないのに、無理やり連れていこうとするって。今までゆっくり歩いてきた人に急に早く歩けったって、体が付いていかないいんだってね。そうかもしれない。でもしようがないだろう。待ってるわけにはいかないんだから」

「・・・おまえも辛い生き方を選んだな、まったく」

そう言って亮はため息をついた。

「・・・・亮、もしかしておまえも辛いんじゃないのか?」

亮は答えなかった。

「旅って何なんだろうな・・・」

「そうだな・・・俺は最近思うんだけどな、人って旅人かそうじゃないかで分けられるような気がするよ。例えばおまえは旅人で、俺はそうじゃない。夏に北海道に行っただろ、一人で。その時思ったんだよ。いくら俺が旅したって言っても、つまりは切符を買って泊まるところを決めておいて、予定を立ててそれを消化してゆくんだよ。そこで何かに感動したり、頭に来ることがあってもな。淋しくなって、土地の人に親切にされて暖かい気持ちになったとしてもだよ。結局は決められた日に帰ってくるんだよ。でもおまえの場合は違うだろう。何にも約束されてないわけだろう。不安だっていつも言ってるじゃないか。根本的に違うのはそのことだよ」

「何にも考えていないんだよ、ホントは。ただ道に立って向かってくる車に手を上げている時のカンジが好きなんだよ。車の走り去る音とか、風が吹いてきてほっぺたを撫でてゆくカンジとか、ワクワクしてくるんだよ。だから『たんぽぽ』にヒッチで来る連中なんか見ると、そのことだけは共有できるんじゃないかって思うんだよ。この人たちもその感じは分かるだろうなって・・・でも、俺だっておまえと大して変わらないよ、結局は戻ってくるんだから」

「晶、おまえは違うよ。俺と一緒にするな」

「しかし、おまえは偉いと思うよ、自分の目標に向かってまっすぐ歩いてるしな。だけどな、それでいいのかって、考えたことはないのか？　ある時、ほんとうに自分はこれでいいのかって、思ったことはないのか？」

「・・・」

「亮、おまえ、心を根こそぎ持っていかれるってカンジって味わったことないか？　今までの考え方やものの見方や、信じていたものが根底から崩れ去るような、そんなカンジって味わったことないか？」

亮は何も言わず、たばこに火を付け、ふーっと煙を吐き出し、それから残っていたコーヒーを飲み干した。

「俺の新曲聴くか？」

「おう、やれよ」
――また来ん春と人は言う　しかし私はつらいのだ
　春が来たって何になろう　あの子が帰ってくるじゃなし――

「それ、おまえの詩か?」

「中原中也だよ・・・」

「そうだろな・・・おまえの悲しみも汚れっちまったか・・・」

「俺なあ、最近終わるってことが大事なんじゃないかって思うんだよ」

「終わる?」

「ああ、終わるんだよ、今を。終わらなきゃ何も始まらないだろ。みさきや林田のことだって相変わらず引きずっているしな。だから終わる。終わることでしか次は始まらない。そうやってひとつひとつを終わらせてゆくことが大事なんじゃないかって」

「乗り越えるってことか?」

「そういうことかもしれない、だけど乗り越えられないものってのもあるだろう。林田のことなんか、俺には乗り越えられそうにもない、少なくとも今はな。それはそれでいいと思うんだ。だから乗り越えるんじゃなくて、終わるんだよ」

「じゃあ、忘れるってことか?」

「それとも違うな・・・」

夜は更けていった。こたつの中は暖かかったが、耳たぶや指先は冷たくなっていた。進む道はそれぞれ最初から違っている。誰もが自分だけの道を歩いてゆく。そして僕は・・・

二千億光年の彼方の椅子にポツンと座るのだろうか――

どっちにしろもうすぐだ。僕は東京へ出て行くし、亮は熊本大学の医学部を受ける。美子は東京の女子大を受けてみようかな、と言ってはいたけど、僕には美子が東京に出てくるとは思えなかった。みさきはどうしたのだろう。親には、医者になって病院を継いで欲しいと言われていたはずだ。高校生活が終わり新しい生活が始まる。いやおうなしに状況が変わり、世界が変わる。しかし、僕が言っている「終わる」ということは、そんな状況の変化を言っているのではなかった。自ら終わる、終わらせる。そうしない限り新しく始めることはできない。

ディランは、もう一本のマッチを擦って、新しくスタートするんだと歌う。全ては終わっちまったんだからと・・・

戦士

二月になると、僕は受験のために東京へ向かった。午後一〇時発の夜行列車「明星」で大坂へ行き、そこから新幹線に乗り換えた。僕にとって受験などどうでもいいことだった。むしろ、大学へ行くよりも、もっと気ままに過ごせる時間が欲しかった。しかし、受験というものは、何かしら卒業前の儀式のようなもので、受かるとか受からないは別として、そこを通過しないとすんなりと次へは進めなかった。

そして結局僕は、国立大学の美術科と私立の美大を受験し、そのふたつとも失敗した。寝坊して実技試験に間に合わなかったことは、親には内緒にした。結果は見なくても分かっていたが、なるべく長く東京にいたかったので、一週間後の発表を見てから帰ることにしていた。

姉は旅行に出かけていて、羽根木のアパートは僕ひとりだった。そして夏と同じように毎日街をさまよい歩き、ロック喫茶の片隅でバカでかい音に埋もれていた。

二月二八日だった。僕は一八歳になっていた。目が覚めてラジオをつけると、いつもの音楽ではなく緊張したアナウンサーの声が聞こえてきた。何か事件が起こっていて、その実況中継をしているようだった。

「今ガス弾が発射されました。そして高圧の放水も始まりました！」

「犯人は発砲しています。放水車に向かって発砲しています！」

浅間山荘にたてこもった過激派と警察の戦いが始まっていた。

「クレーン車に吊られた大きな鉄球が壁に打ちつけられました。壁が崩れていきます。そこに向かってガス弾が打ち込まれ、放水しています！」

「犯人も必死で抵抗しています。あー、誰か警官隊のひとりが倒れたようです。だいじょうぶでしょうか！」

すごいことが起こっていた。テレビではないので映像は見られないが、逆にそのために想像は大きく膨らんだ。僕は顔を洗うのも忘れ、じっとラジオにかじりついていた。

事件は一〇日前に起きていて、過激派は今日まで人質をとって「浅間山荘」に立てこもり、警官隊は一〇〇〇人以上で取り囲んでいた。

過激派と呼ばれる連中の事件はこれまでたびたびあり、ニュースでもやってはいたが、ニュースで見る限り、ほんとうのところは何がどうなっているのかよく分からなかった。しかし、これは違う。初めてリアリティーを持って僕の目、いや耳に届いた連合赤軍という連中。僕は拍手を送りたかった。理由はどうあれ、彼らが地下からスポットライトに照らされて、舞台に登場したことにだ。そして、まるでブッチとサンダンスキッドのように絶望的な戦いを挑んでいるということにだ。

やがて日が暮れ、あたりが暗くなる頃に事件はようやく解決した。警官隊が突入し、彼らは逮捕され、人質は救出された。彼らが黙って逮捕されてゆく様子を聞きながら、僕は気が抜けていた。当然、警官隊と撃ち合って全員が射殺されると思っていた。それ以外に考えられる結末はなかった。カッコ悪いよ。革命の戦士は死ぬ勇気もなかったのだろうか。僕は三島由紀夫のことを思い出し、そして彼らがひどくみじめに思えた。そんなに簡単に逮捕されるなら、この十日間は一体何だったのだろう。人質を楯にどこかへ脱出するといったことは考えなかったのだろうか。あくまでも生き残って闘いを続けるのか、それとも華々しく散ってゆくのか、ふたつにひとつしかないはずだ。

・・・君達に　ベトナムの民を
好き勝手に殺す権利があるなら
我々にも　君達を好き勝手に殺す権利がある・・・

殺されるのがいやなら　その銃を後に向けろ
君達をそそのかし
後ろであやつっている豚共に向けて
我々を邪魔する奴は　容赦なく抹殺する
世界革命戦争宣言を　ここに発する

――「世界革命戦争宣言」共産主義者同盟赤軍派日本委員会　上野勝輝

そう言って銃を持って起ち上がったのなら、その闘いに勝とうが破れようが、終わり方というものがあるはずだ。みじめな終わり方をするくらいなら、最初から闘いなど始めなければいい。だって初めてだろう、そうやって警官に銃を向けて撃ち合うなんて。すごいよ。もっとやって欲しかった。もっと警官と撃ち合って欲しかった。もっと権力の手先どもを、豚どもを殺して欲しかった。もっと凶暴に、もっと残酷に・・・

不完全燃焼のような後味の悪い思い。そして始まりのための終わりではなく、何も生み出さないただの終わり。三島由紀夫の「死」が何となく、少しだけ分かるような気がした。

――世界はがらくたの中に横たわり
かつてはとても愛していたのに

今　僕等にとって死神はもはや
それほど恐ろしくはないさ
さようなら世界夫人よ　さあまた
若くつやつやと身を飾れ
僕等は君の泣き声と君の笑い声には
もう飽きた

——「さようなら世界夫人よ」頭脳警察

足下から冷えてくるような夕暮れ。僕は千駄ヶ谷の東京都体育館のピンク・フロイド公演に並ぶ長い列の中にいた。箱根アフロディーテで見て以来、ピンク・フロイドは僕にとって特別な存在になっていた。それは何かを主張するフォークや、リズムやギターの音にこだわるロックとは違った、全く別な次元の表現方法だと思っていたからだ。「ミュージックライフ」や「音楽専科」や「ライトミュージック」で彼らの記事を探し、コンサートの写真を集めた。彼らの創り出す音、いや音の響き渡る空間は、ロックとかクラシックとか、あるいは絵やデザインといったものの枠を越えて、とてもスケールの大きい表現であり、僕はそれを確かめずにはいられなかった。

やっと開場になり、中に入ることができた。ピンク・フロイドは演奏の前に、低周波を流すという噂があった。低周波は人の耳には聞こえないが、気分を不快にさせるような効果があるという。そうやって観客をいらいらさせ、気持ち悪くさせた上で、演奏を始める。そうすれば演奏ははるかに美しく、また心地よく聞こえてくるはずだ。それが本当なのか、単なる噂なのかは分からなかったけれど、僕にとってはそんな噂さえ、とても素晴らしいことのように思えた。つまり、あらゆる感覚に訴えるという表現方法が、これまでになかったとても新しいもののようで、僕はその噂がほんとでありますように、気分が悪くなりますようにと祈っていた。

真っ暗になりドクッドクッという心臓の鼓動のような音が聞こえてきた。「ダークサイド・オブ・ザ・ムーン」という曲だった。ピンク・フロイドらしい時計の音や人の話し声や、ヘリコプターの音が聞こえてくる。いろんな音が会場の中をグルグルと回り、ギターの音は右斜め前から後の方へと飛んで行った。そうかと思うと、今度はベースが左から右へとゆっくりと流れてゆく。そこにかぶさってくる歌はゆったりと限りなくやさしい。赤やブルーのライトがリズムに合わせて点滅しながら、上の方から徐々に降りてくる。真っ赤な世界からふいにブルーの世界へと変わる。何本もの真っ白い光線が斜めから射してきたかと思うと、今度はこちらを照らし、一瞬目が眩む。まるで点滅する光を身にまとった巨大な生物がステージの上で蠢《うごめ》いているような気がした。そして赤とブルーとグリーンのライトが混じり合い、複雑な色となったその中に、ピンク・フロイドの四人が浮かび上がる。巨大な生物の叫び声のようなギター、ベースやドラムの地響きのような振動、ふいに現れる効果音、そして刻々と変わる照明、そのひとつひとつが空間という器の中で溶け出し、混じり合い、一体となってぐるぐる回り始める。その渦は僕や観客の頭をも飲み込み、巨大な音となってますます速度を増してゆく――

まるで魂を抜かれたように、ぼんやりとしながら、それでも僕は何かが欠けているような気がした。何かこの渦を切り裂くもの、あるいはこの渦の中心となるもの。それは演奏するピンク・フロイドではなかった。何か。人か。あるいは連合赤軍でもいい。もしこの渦の中で、誰かが走り回り、銃を放ち、誰かが踊り、あるいは誰かが何かを演じたらもっとすごいかもしれない。もちろんバレエやオペラやミュージカルはある。でも僕の想像するものはもっと違った新しいものだ。音や絵や踊りや、照明や舞台装置や、そんなものが一体となったもの。それで何かを表現する。それは何かとても新しく、心が揺さぶられるものになるのではないか。そんなものを創りだせたらどんなにすばらしいだろう――

ティーン・・・、ティーン・・・、ティーン・・・

さよなら、たんぽぽ

「よかったじゃないか、文学部だよな、合格おめでとう」

「うん。ありがとう。みさきも同じ文学部よ。それに亮くんも医学部合格よ」

「何だ、俺だけか、落っこちたのは」

「だいたい、あなたは落ちたって言うけど、ちゃんと受験したの？」

熊本に戻り、学校へ行って卒業証書をもらった。それから美子に電話して上通りの本屋の二階の喫茶店で会った。

「そうか、みさきは文学部か。医学部ってのは結局止めたんだ」

「そうよ。だいぶ迷ってはいたけどね。親も最終的にはあきらめたみたいよ」

「みさきも闘ったってことか・・・そう言えば水上はどうした？」

「それがねえ、分からないのよ」

「分からないってどういうことだよ」

「どうも水俣に行ってるらしいんだ。だからどこの大学受けたのかも分からないし、そもそも大学に行く気ないのかも知れないし・・・土屋くんに訊いてもよく分からないって言うし・・・」

「そう言えば美子は東京の大学受けたんじゃなかったか？」

「うん。実は東女（東京女子大）も受けたんだ。でもこっちにした。家から通えるし、学費だって私立よりは全然かからないし。東京には行けなかったけど、まあいいかなって思ってるの」

美子は明るくそう答えた。吹っ切れたのだろうか。いろんな思いがあったはずだ。そんな思いに答えを出したのだろうか。あるいは心の奥底にしまい込み、ふたをしてしまったのだろうか。

「でもあなたもいよいよ東京ね。どんな感じ？」

「どんな感じって、別にどうってことないよ。ただ今までの仲間がいなくなるよな。慣れ親しんだものもないよね、東京には。それにアパート借りるからひとりで生活することになるな」

「さびしいね。だいじょうぶ？　泣いたりしない？」

「おい、美子、おまえなあ」

「だって、あなたって結構さびしがり屋じゃない。手紙書くよ、私。でもまあ、すぐに彼女できるか、きっと」

そう言って美子は僕をからかう。美子が急に大人になったような気がした。

——If you’re travelin’ in the north country fair
Where the winds hit heavy on the borderline
Remember me to one who lives there
For she once was a true love of mine

カンちゃんが「北国の少女」を歌っている。「たんぽぽ」はいつもと変わらない。誰かが歌い、誰かが騒ぎ、誰かが落ち込み、誰かが難しい顔で本を読む。僕は部族の指定席だったドアの側に座っていた。

「たんぽぽ」に出入りするようになってからいろんなことがあった。旅に出て、歌を聴き、風景を眺め、さまよった。みさきを好きになり、夢を見て、「葉っぱ」も吸った。そして僕の帰って来る場所はやはり「たんぽぽ」だった。学校に行って授業を受けることもさして苦にならず、ちゃんと通うことができたのは「たんぽぽ」があったからだ。僕は「たんぽぽ」に育てられたようなものだった。いろんな人と知り合い、別れ、旅人がやって来ては去っていった。そしてここから旅立っていった人と、ここにたどり着いた人。「たんぽぽ」こそ旅そのものだった。「たんぽぽ」で列車に乗り、「たんぽぽ」でヒッチハイクし、「たんぽぽ」で風景を眺め、「たんぽぽ」で恋をし、「たんぽぽ」で眠った。

しかしそれは、いったい何を僕にもたらしたのだろう。確かなものは何もなく、未来は何も見えず、歌も、デッサンも女の子ですら中途半端なままだった。ただふらふらと旅をし、旅立つ者を見送った。僕は何をしようとしているのか、何がしたいのか。あるのはただ、ぼんやりとした、まだどういう形かも分からない、何かしらの予感のようなものだけだ。自分に答えを出したかのような美子、着実にその道を行く亮、ますます水俣病にのめり込んでゆく水上、やっと自分の道を歩き始めたみさき、そして旅だったユミ。彼らが少しだけうらやましかった。

「晶くんは東京に行くんだろ。いつなんだ?」

めずらしくマスターがコーヒーを運んできて言った。

「明日なんです」

「そうか、じゃあしばらくは顔が見られないね。夏には帰って来るんだろう?」

「ええ、まあ、たぶん・・・」

――Please see if her hair hangs long
If it rolls and flows all down her breast
Please see for me if her hair's hanging long
For that's the way I remember her best

あの娘の髪は胸まであって、そして流れるようにカールしてるかどうか見てきてほしい。カンちゃんはみさきのことを歌っていた。僕はそう思った。みさきともう一度会うことはあるのだろうか。いつの日かみさきのもとに帰る時はあるのだろうか。みさきと過ごした時間を思い出すと胸が押しつぶされるようだった。やがてみさきは、美子は、それぞれ新しい恋を見つけるだろうか。僕と美子の夢はどうなるんだろう。キリとユミは今頃どこを旅しているんだろう。「虹のブランコ族」はどこへ行ってしまったんだろう。彼らの目指したコミューンはどうなってしまったんだろう。いつもユウが座っていたカウンターの奥の席には新聞や雑誌が積まれている。

——I'm a-wonderin' if she remembers me at all
Many times I've often prayed
In the darkness of my night
In the brightness of my day

——「北国の少女」ボブ・ディラン

あの娘が今でも僕を覚えていますようにと、いつも祈ってた。

カンちゃんは何度も繰り返し歌った。それからギターを抱きしめたまま何かを思い出すようにじっと下を向いていた。

「去年の九州大学のコンサート覚えてるだろ、あの時のサンハウスみたいなツインギターのバンドにしたいんだよな」

「カッコ良かったよなあ、サンハウス。でもギター二本であんな風にはなかなか弾けないぞ。速弾きできりゃいいってもんじゃないだろ」

いつものような会話が聞こえてくる。隅っこに座った真木さんは片手で髪の毛をおさえながら本を読んでいる。カンちゃんはギターをケースに仕舞い込んでいる。マスターはカウンターの中で新聞を眺めている。流子さんは何かのレコードを探している。コーヒーカップの向こうに小さなゴキブリがテーブルの端にしがみついているのが見える。見慣れた「たんぽぽ」の風景だった。

——さよなら・・・心の中でそう呟いた。


ジェームス・テイラーの曲が流れてきた。流子さんがこの曲を僕のためにかけてくれたのか、それとも単なる気まぐれなのかは分からなかった。

——When you're down and troubled,
And you need some love and care,
And nothing, nothing is going right

Close your eyes and think of me,
And soon I will be there
To brighten up even your darkest night.

You just call out my name
And you know wherever I am
I'll come running to see you again
Winter, spring, summer or fall
All you have to do is call
And I'll be there
You've got a friend

――「きみの友だち」ジェイムス・テイラー

（続く・・・）

Have you ever heard
a lonely church bell ring?
Goodbye, Mary
I'm still gonna
miss you
FOOL! I said....
I'm just a poor boy
Be not too
hard for
Life is short... Leave us Helpless,
Helpless...
You, you ave
on your own
must have a code
that you can
live by
Blue blue windows
behind the stars...
I want you,
I want you..
And no-one signs
me lullabies
And no-one makes
me close my eyes
And so I throw
the windows wide
And call to you
across the
sky.
NAMAE
chilly
In the chilly hour
and minutes
of uncertainty
I want to be
You just call
of my name...
I was thinking of games
that I was playing
You need
cooling
Baby I'm not
fooling..
I'm lookin' for a love....
It's you, it's you...
If you're travelin'
in the nothcountry fair..
Don't you worry!
But only love can break your heart
You've got
a friend
Remember me to one
who lives there
For She once was a true
love of mine.
I shall be released

守屋一於（もりやかずお）　グラフィック・デザイナー

1954年 熊本県生まれ。1984年 株式会社オードリー・ザ・デザイン設立。企業の広告・ロゴマーク・パンフレット・カタログなど販促物を制作。1986年 アメリカ50年代のイラスト集「GOLDEN YEARS OF AMERICA」をリヨン社より出版。また「月刊宝島」、「UNIX Magazine」など雑誌・書籍のデザインのほか、「Webデザイン」「グラフィック・デザイン」（ソーテック社）などを執筆する。1994年サンフランシスコ・フォークアート・ミュージアムにて「自然布」の展覧会に合わせて「Riches from Rags（襤褸布の豊かさ）」を出版。また1981年バンド解散記念に制作したLP「ZAZOU」が2007年にウルトラ・ヴァイヴ社よりCD+DVDで復刻発売される。2012年から2015年に群馬県各地でカントリーミュージックフェスを主催、プロデュース。2018年熊本のカントリーシンガー、チャーリー永谷氏の回顧録「Charlie's Book+CD」を執筆・出版する。

Special Thanks to :　江越哲也　中西亮二

たんぽぽ 一九七四年 秋

発行日　2023年7月25日
著者　守屋一於
デザイン　守屋一於
イラスト　守屋一於 + 守屋華乃子

発売　熊日出版（熊日サービス開発 出版部）
〒860-0827　熊本市中央区世安1-5-1
印刷　シモダ印刷株式会社

ISBN978-4-908313-98-1　C0093